異能アピールしないほうがカワイイ彼女たち

INOU APPEAL SHINAI HOU GA KAWAII KANOJO TACHI

2

［著］榛名千紘
AUTHOR:CHIHIRO HARUNA
［イラスト］花ケ田
ILLUSTRATOR:HANAGATA

電撃文庫

CAMILLA AKATSUKI
ちっちゃいって言うな――――!!
[PROFILE]
吸血鬼《ヴァンパイア》のミューデントであり、学園の生徒会長。
そのカリスマ性のある手腕から
生徒からも大きく信頼を得ている一方、
小学生のような見た目から「ちっちゃくてかわいい」とも
ささやかれている(不本意)。
赤月 カミラ
[あかつき かみら]

TOKO HIIRAGI
いえ、監視役は私から志願いたしました。
個人的に見極めたかったもので
[PROFILE]
カミラを支える生徒会副会長。
何事にも動じない冷静沈着な女性。
滝沢のナンパにも当然動じずに
冷静にお断りする。
柊 透子
[ひいらぎ　とうこ]

CONTENTS

およそ半世紀前、一部の若者たちが伝承や叙事詩で語られる
空想上の存在が持つ特徴に
わずかながら覚醒する事例が各地で発見された。
その世界に影響を及ぼすほどではない特徴は、
いずれも第二次性徴期に発症して、三十歳を超える頃には自然消失する。
現在でも原因は解明されていないが、
彼らを総称し『神話（ミュトス）』の『生徒（スチューデント）』
――『ミューデント』と呼び……
誰もがいたって“普通”の青春を謳歌している。

異能アピールしないほうがカワイイ彼女たち

INOU APPEAL SHINAI HOU GA KAWAII KANOJO TACHI

2

［著］榛名千紘
AUTHOR:CHIHIRO HARUNA
［イラスト］花ヶ田
ILLUSTRATOR:HANAGATA

プロローグ

花言葉は永遠の幸福

INOU APPEAL
SHINAI HOU GA
KAWAII
KANOJO TACHI

不肖、古《こ》森《もり》翼《つばさ》、十六歳。

長所なんて呼べるものは特にない反面、最近になって自覚した欠点が二つもある。

一つ目は『子供に好かれていない』点。

僕自身も広義では子供（被扶養者）に該当するから、わかりやすく『ちびっこに好かれていない』と言い換えよう。夕飯のおかずで言えばおでんだ。二日連続で食卓に並ぼうものなら柔い脳細胞にトラウマを植え付ける。

そして二つ目は『デリカシーに欠けている』点。

こちらについてはとある人物――腐れ縁の先輩から以前より指摘されていたものの、彼女のような社会性皆無の人間に繊細さを問われるのは不本意だったため、一顧だにせず生きてきたわけだが。悲しいかな、今年から同じクラスになった女子（少し痛いけどコミュ力は高い）より同様の裁定を賜ってしまった。

曰《いわ》く『デリカシーなさ男』らしい。

ちびっこから嫌われている上にガサツで人の心がない。

文字にするとろくでなし感が増すため、コミュ力の高いギャルに改善策はないか尋ねてみたところ。

「何事も察するのが一番！」「そんでもって空気を読む！」「なんだかんだ笑顔が大事！」「男らしく引っ張ってくれる！」「ときどき甘やかしてくれる！」「記念日を忘れない！」

以上のアドバイスを頂戴した。

モテるメンズの条件は聞いていない。真っ当なツッコミが脳裏をよぎったけど、口に出せば「そーゆーとこが無神経なの！」という反撃を食らいそうなので断念。

いずれにせよ真っ当な社会人になることを諦めきれない僕は、

『人並みのデリカシーを備えた、ちびっこにも好かれるナイスガイになる』

等身大の目標を高校二年生にして打ち出すが、これが思っていた以上に茨の道で――

五月。大した生産性もなくゴールデンウィークが過ぎ去って、早くも一週間ほど経《た》つ。じわじわと初夏の匂いを感じられるようになってきた、なんでもない日曜日の朝。

顔を洗ってダイニングに向かうと、そこには父親の姿があった。新聞を広げている彼は休日なのにきっちり襟付きのシャツに着替えており、僕を見ると微笑《ほほえ》んだ。

「早起きだな。感心、感心」

「そっちこそ」

「年寄りはこれが標準なんだ」

冗談っぽく自嘲する父には落ち着いた雰囲気があるものの、まだまだ働き盛り。それなりの役職に就いている一方、業種の関係で国内外を問わず出張が多いため、実を言えばこうやって家でくつろいでいるのは珍しかったりする。

一家の大黒柱をたまには労《いたわ》ってやろうかと思い立ち、僕は二人分のコーヒーを淹《い》れて片方を彼の前に置いた。笑いながらお礼を言った父親の正面に腰を下ろして、僕は自分のコーヒーをすする。息子と違いよく笑う人だった。

そこからは取り留めもない会話を一つか二つ、あとは適度に沈黙。一般的な家庭における高校生の実態は知らないけど、僕は親と過ごすこういう時間帯が——少なくともこっちの親については——苦痛にならないタイプだった。

適切な距離感、ひとえに『余計な小言を言ってこない』からなのだろうが。

「あー、なんだ。その……」

そんな父親が珍しく、読み終わった新聞を畳みながら言葉を探すような素振りを見せる。

「今日は、どこか出かけたりするのか？」

「特にないかな。どうして？」

「いや、いい。出るんならついでにって思ったんだが……まあ、自分で行くよ」

奥歯に物が挟まるとはまさしくこれ。なるほど、従来の僕なら「それがどうした」と一蹴して自分の部屋に戻るのだろうが、ここは「何事も察するのが一番！」だという、誰かさんから授かった助言を実践するまたとないチャンスに思えたため。

「……暇だし、本屋で新しい参考書でも選んでこようかなー。ついでに何か買ってくる？」

わざとらしく聞いてみるのだが、「おお、すまんな」父親からは素直に感謝される。

「じゃあ、帰りにちょっと花を買ってきてくれないか」

「ハナって…………え、フラワーの花？」

思わず聞き返したら、他に何があるんだと苦笑される。

「ムーンダストっていうやつを頼む」

「聞いたことない名前なんだけど。どこにでも売ってるやつ、それ？」

「売ってるから安心しろ」

断言されたので信用することにした。そもそも騙《だま》す理由がない。

身支度を整えて玄関までやってきた僕に、父親は財布から一万円札を差し出した。お釣りはやるから友達とメシでも食いに行けと言われたが、きちんと返すことを約束して家を出る。

百貨店の一階に入っている、地元では最大のフラワーショップにやってきた。

存在自体は知っていたが利用した記憶はない。路上から覗《のぞ》けるガラス張りの店内は、花とそれを求める人たちで溢《あふ》れていた。従業員含め女性ばかり。「花屋って儲《もう》かるんだなー」とか思いながら、僕は自動ドアを抜けようとしたのだが。

「……そういうことかよ、たくっ」

人知れずため息が漏れる。ずらりと並ぶポップ広告が目に入ったからだ。ピンク色のそれにはお洒落《しゃれ》な筆記体と一緒に今日の日付が書かれている。大型連休明けの五月の第二日曜——世間一般には『母の日』と呼ばれているんだっけ。

瞬間、僕は全てを察した。まめなタイプの父は記念日のギフトなんて事前に用意しているはず。つまりこれは僕自身が贈るために遣わされたもの。

「不器用すぎるって、父さん……」

全てを察した上で僕は帰りたくなった。半ば女の園と化している店内に踏み入るのが躊躇《ためら》われるのではない。

ただ単純に、僕は母親を嫌っているから。

顔を見るのも嫌なレベルだっていうのに、プレゼントなんて渡せるはずがない。なぜそんな風に敵視するのか、それは彼女が僕の大切な人に対して、筋違いも甚だしい非難をぶつけた過去があるから——話せば長くなるが、とにかく解きがたい確執なのだ。

自動ドアが反応しないギリギリの距離を保って立ちすくむ青年を見て、別の意味で二の足を踏んでいると勘違いしたのだろう。中からエプロン着用の若い店員が現れる。

「どうぞー、店内でお選びくださーい」

押しが強そうな彼女に引っ張られる形で、店の中に誘われてしまった。芳香に満たされる煌《きら》びやかな空間にもかかわらず僕は憂鬱。それをまた別の戸惑いに誤解したのだろう、同じ店員が「母の日のプレゼントですか？」と尋ねてきた。

頷《うなず》くと今度は予算を聞かれたので、相場はわからないけど一万円はある、ムーンダストという種類が欲しい旨《むね》を正直に伝えた。

しばらくして彼女が持ってきたのは青い（あるいは紫の）カーネーション。

「良かったですね。大変人気の品ですので、うちの在庫はこれが最後ですよ」

残念。売り切れだったら手ぶらで帰る理由にもなったのに。間の悪さを呪うが、今さら「いりません」なんて言えるはずもなく。三千円もあれば立派な花束が作れるらしいので、勧められるままにお願いした。

――貴重な休日に僕は何をやっているんだろう。

祝福ムード一色に染まる人々の中、自分は間違いなく薄汚れたシミ。

葉や茎が手際《てぎわ》よくカットされていく光景を眺めながら、僕の憂鬱さがいよいよピークに達しようかと思われていた、そんなとき。

「あらー、運が悪かったわね、お嬢ちゃん」

声に振り返る。見れば恰幅《かっぷく》のいい店員が腰を折って仕切りに謝っていた。

「青いカーネーションはもうなくなっちゃったんだわ、ごめんなさいね」

青いカーネーションといえばもちろん僕が束ねてもらっているアレなわけで――少なからず生まれた気まずさは、その客の姿を目にした途端に心苦しさへと昇華する。

シルクのようなブロンドを光らせる少女の背丈は、目測百四十ちょい。

整った身なりは『いいとこのお嬢様』という表現がしっくりくるが、周囲には従者どころか家族の姿も見えない。つまりあんな幼い子が、おそらく母親に贈る花を買うために、単身で人込みの中へ足を踏み入れたのだ。

殊勝、高潔、清廉。彼女を称揚する言葉は枚挙に暇がない。

一方で僕はどうだろう。

今日が母の日だなんて頭の片隅にもなく、父親に差し向けられたままのこのこやってきて、意固地に嫌っている母親の顔を思い出しては、手前勝手な憂鬱に酔いしれる。自分は被害者なのだと訴えるように不貞腐《ふてくさ》れていた。

あまりに情けなくって、恥ずかしくって。劣等感で押しつぶされそうになった僕は、

「すみません、その花……あの子に売ってあげてもらえませんか？」

すがるように申し出ていた。言うんじゃなかったとすぐに後悔。こんなの完全なる偽善――救うのではない、救われたいがための行為にほかならなかったのに、僕の薄汚い心を覗《のぞ》き込ん

でくる者は一人もおらず。

「お兄さん、優しいのね～」「若いのに偉い！」「日本の未来は明るいなぁ」

店員だけではない、客として来ていた老いも若きもがこぞって神輿《みこし》を担《かつ》いだ。

詐欺師になった気分の僕に、赤やピンクのカーネーションならまだある、お安くしておくと店の人は提案したけど。その厚意に甘えるのは許されない。

「青がどうしても欲しいので、他所《よそ》を回ってみます」

すると今度は近くの花屋までの道順を丁寧に教えてくれた。何も買っていないのに「ありがとうございましたー！」という元気な声を背に店を出る。

「……なーにやってるんだろ、ホント」

手ぶらで店を出ることに成功した僕は空を見上げる。文字通り成果なし。汚れちまった悲しみに打ちひしがれながら歩き出すのだが。

――待って！

透き通った声に振り返ると、小さな女の子が駆け寄ってきた。両手で大事そうに抱えているのはラッピングされたばかりの青い花束。

近くで見るとなおさら背の低い彼女は、まだ小学校の高学年くらいだろうに。

――ありがとう。

感謝を口にして頭を下げる。お礼なんていい、と返そうとした僕より先に。

――この花、他の店も回ったけど、なかなか見つからなくって……

諦めかけていたのだと。臆せずはきはき喋《しゃべ》るものだから驚かされる。

もしかしたら本当に良家のご令嬢なのかもしれない。

相応《ふさわ》しい人間に買われて花も本望だろう。

見ず知らずの男がそんなことを言えば、不審者扱いは受けずとも困惑させそうなので。

「そっか。頑張って探した甲斐《かい》があったね」

僕は曖昧な感情を乗せて微笑《ほほえ》む。聡《さと》い少女はそこから何かを感じ取ったのだろう。

――でも、良かったの？

心配そうに尋ねてきた。

「いいんだ。君みたいな子に買ってもらった方が絶対に正しい」

――どういう意味？

無垢《むく》な瞳に問われるが、気の利《き》いた返しは浮かびそうになかったので。

「お母さん、きっと喜んでくれるはずだから」

気を付けて帰りなよ――もう会うことのない少女に笑いかけて踵《きびす》を返《かえ》す。

ちびっこに好かれない僕にしては、及第点のコミュニケーションだったと自負している。

何も買わずに帰宅すると父親の姿はもうなかった。

冷蔵庫のマグネットボードに「ジンギスカン食ってきます」と書いてあったので、次の出張先は北海道なのだろう。使わなかった一万円、どうしよう。悩んでいる僕は大人にも子供にもなり切れない半端《はんぱ》ものだったけど。

「ちゃんと渡せたかな」

どこにあるかもわからない邸宅、洒落《しゃれ》た花瓶にでも生けられている青いカーネーションを想像したら、少しだけ癒やされた。

腐りかけていた心には、名も知らぬ少女のおかげで綺麗《きれい》な思い出が刻まれるのだった。

一章　可愛い＝Xの法則

INOU APPEAL
SHINAI HOU GA
KAWAII
KANOJO TACHI

事実は小説よりも奇なり。イギリスの詩人が残した一節に由来する。

日本でも広く認知されている格言だろうが、なるほど、サキュバスっぽい先輩だったり、猫っぽいギャルだったり、あるいは人魚っぽい優等生だったり、雪女っぽい先生だったり、ここでは紹介しきれないが他にも多数。

元ネタの寓話《ぐうわ》や伝承を『若干マイルド』にした形の不可思議な現象が、一部の若者の間で確認されるようになってから約半世紀。ミューデントと呼ばれる彼らはその症状によって得をしたり、損をしたり、振り回されたり、ちょっとした事件に巻き込まれたり——なんて、一見すれば小説よりも奇妙に映るかもしれない。

しかしながら、所詮は僕たちと変わらぬホモサピエンス。世界を揺るがすほどの力を秘めているはずもなく、学校という限定的なコミュニティの中でもてはやされるのが精々。あくまで未完成な心身によって引き起こされる思春期の暴走に過ぎず。

大抵の若者はもっとクリティカルな問題——ゲームに課金しすぎて今月ピンチなんだとか、

彼氏の三股を問い詰めたら逆ギレされたとか、同じ部活の先輩がプラモ作ってばかりで困っているんだとか、喫緊の課題に追われて立ち止まる暇もない。

そんな若人の忙殺にも定期的に小休止が訪れるのは、まさしく神の温情。

「うっへー、やっと終わった～！」「帰り、どっか寄る？」「甘いもの食べに行きたーい」

雑多な会話には得も言われぬ瑞々《みずみず》しさが宿っている。

ときは五月の半ば。中間テストの日程を滞りなく終えた教室内には、満場一致の弛緩《しかん》した空気が漂っていた。忌憚《きたん》なく言えばだらけ切っている。

嬉々《きき》としてソシャゲのガチャを回し始める者、仲睦《むつ》まじく放課後の予定を語り合う男女。溶かした有り金や彼氏の浮気《うわき》もこの瞬間だけは忘れられるらしい。抑圧から解放された生徒の織り成す平和ボケした光景は、十年前も十年後も変わらないのだろうけれど。

その幸福を共有できずにいる哀れな男が一人。

「僕も変な先輩のこと、今だけ忘れられたらいいのになー……」

「おっつおっつー、こーもりくーん♪」

「……来やがったか、ハァ」

思わずため息が漏れる。

机に突っ伏していた僕の背中をバーンと叩《たた》いて闘魂注入してきた女子は、明るい茶髪のサイドテールがトレードマーク。ティーンの特権とばかりにスカートの丈を短くして、ボタンが二つか三つは開いているシャツの胸元は涼しげ。

クラスメイトの獅子原真音《ししはらまおん》は今日も今日とて『ギャルオブギャル』な装《よそお》い。

「どーしたの、いつも以上にどす黒いオーラまとっちゃって」

「同じ黒なのに違いがわかるのか？」

「トーゼン。白は二百色、黒は三百色あるんだから。さてはテストの出来が壊滅的だったり？ どんまいどんまい。切り替えていこ」

「勝手に決めつけるな。そういうお前は手ごたえありなのか？」

「あっはっはっは。終わったことは気にしないのが賢い生き方だよ、こーもりくん」

「答えてないのに答えがわかるよな、それ」

獅子原《ししはら》に勉強ができるイメージなんてないので（失礼）、幻滅もしないけど。

ちなみに『こーもりくん』＝『コウモリ』というのは僕のあだ名だ。

名字の古森《こもり》に金魚のふん的な意味合いを掛け合わせた蔑称であり、大抵の人間は陰口として使うのだがこの女だけは面と向かって言ってくる不思議。

「ん、何か言いたげな顔だね？」

「お前の中だと、コウモリって褒め言葉だったりするのかなーって」

「え？ んまあ、どっちかといえば……よく見るとキモカワイイじゃん？」

「キモくて悪かったたな」

「キモカワね。ってか動物のハナシ。まー、猫はその一億倍は可愛《かわい》いんですけど」

「自分で言ってて恥ずかしくならないのか？」

「だから動物のハナシだっつーの！」

ツッコミと同時に結んだ髪がぴょんっと跳ねる。曰《いわ》く猫の尻尾を意識した髪型だとか。

何を隠そう彼女は『ウェアキャット』というミューデントで、猫（イエネコの祖先である小型のヤマネコを指す）にまつわる特殊な体質を具えている。視力や嗅覚に優れている辺りは地味にすごいのだが、今のところ役立った場面は一度も見ていない。

しかし、もしも彼女がウェアキャットじゃなかったとすれば、僕たちは卒業まで言も喋《しゃべ》らず終わった可能性すらある。

「さあ、今日も元気に部活動に勤《いそ》しむ時間がやってきましたぞー」

「ああ、頑張れよ。じゃ、僕はそろそろ……」

「待てーい。あんたも一緒に来るのー」

「チッ」

「舌打ち禁止ぃ！」

唇を尖《とが》らせた獅子原《ししはら》にブレザーの裾をつかまれる。

そう、部活動。対局に思える僕と彼女を繋《つな》ぐ唯一無二にして最大の縁。

言うまでもなく獅子原《ししはら》は陽の当たる側で生きるキャラ。本来ならばあっちサイド——現在進行形に窓際《まどぎわ》でたむろしている、見るからにカースト上位な女子グループ。声のデカさ的にもイケイケなルックス的にも階級の高さがうかがえる彼女たちに交じって、キャッキャウフフするのがあるべき姿だろうに。

「引っ張るな鬱陶しい」

「ほらほら行くよ」

なぜか現実では僕みたいな男にちょっかいをかけている。

「遊び盛りの男子が直帰なんてありえないっしょ。日が暮れてから帰るくらいがベスト」

「肝っ玉お母さんみたいなこと言うな。お前こそ、せっかくのテスト明けなんだからもっと有意義なことに時間を使おうとは思わないわけ？」

「ゆーいぎってたとえば？」

「………………仲のいい友達とスタバの新作フラペチーノ飲んだり、サイゼのドリンクバーで謎のモクテル作ったり」

我ながらIQの低すぎる有意義概念を、「ハァ？　馬鹿なの？」獅子原《ししはら》は一笑に付す。

「そんなの昨日も一昨日もやってたし」

「テスト期間くらい帰って勉強しろ」

「お母さんみたいなこと言わないのっ!!」

あー、あー、聞こえませーん、と文字通り聞く耳など持たない獅子原《ししはら》によって僕は教室から連れ出される。クラスの女子に誘われて部活動に赴く高校二年生。青春に思える一幕なのに実際は全くそうじゃないのが悲しいところだった。

文芸部（　）。

僕が所属している部活の名前だ。

括弧とスペースは誤植じゃなく、むしろその空白部分にエッセンスが集約されている。いわば『文芸部』の屋号はお飾りで、名目上は『生徒が抱える多様な問題に寄り添いつつ、青少年の健全な心の在り方について学ぶ』のが本懐。

何を言っているのかわからない諸氏のため、ひとまず『お悩み相談所』あるいは『カウンセリング施設』と言い換えてお茶を濁そう。怪しい宗教団体ではないのだが、訴訟で争われたら負けそうな予感はしている。

とどのつまり叩《たた》けばホコリが出まくるグレーな存在。

それもこれも全ては教祖様――もといワンマン部長のせいにほかならず。極力関わり合いになりたくないのが本音だったため、テスト期間（一週間ほど部活動が全面禁止になる）はまさしく心のオアシスと呼べたが。

「頼む！　後生だから……」

「恩赦をくれないか⁉」

「土下座でもなんでもするぞー！」

特別棟の三階。文化系の部室が軒を連ねている平和なフロアの奥から、Ｖシネで命乞いする端役《はやく》みたいな叫び声が聞こえてきて僕は愁眉《しゅうび》を禁じ得ないが。

「なんだろう、騒がしいね」

他人事《ひとごと》みたいに言うのが獅子原《ししはら》。猫のくせに危機察知能力が低すぎる奴《やつ》だよなーと、逆に感心しながら廊下を進むのだが、残念ながらというか案の定というか、その騒がしさの発生源は僕たちの目指す終着点にあった。

最奥《さいおう》に位置する部室、新調したラメ入りのプレートには『文芸部（　）‼』の文字が躍る。開けっぱなしの出入口からは「許して！」とか「堪忍《かんにん》やぁ！」とか、依然として不穏すぎる声が聞こえていた。

恐る恐る覗《のぞ》き込んでみれば、そこには床に手を突いてへりくだる男子が三名。冷たいフローリングに平伏《ひれふ》す姿は完全に首が回らなくなった多重債務者のそれ。反社会的勢力の根絶が謳《うた》われて久しい昨今、闇金の事務所でもそうそうお目にかかれないバイオレンスな光景に、

「あはっ♪　駄目なもんはダーメ♡」

拍車をかけるのがアレ。窓を背にした社長席でふんぞり返っている女は実に愉快そう。

名前を斎院朔夜《さいいんさくや》という。大人びた顔立ちは非常に整っており、艶のある黒髪ストレートがそ

の非凡さを引き立てる。サイズは合っているのに窮屈そうなブラウスの胸元も、ストッキングに包まれているすらりと長い脚も、肌の露出は少ないのに妖艶《ようえん》さを醸《かも》し出《だ》す。

端的に言って美人なのだが、ただの美人では済まされない罪深さは、目の前に広がっている突飛なシチュエーションが物語っているだろう。

「はぁ〜ん、バスターイーグルの尾羽っていつ見てもエッチだわ……」

赦《ゆる》しを請《こ》う男どもには目もくれず、手に持った完全塗装のプラモデル——巨大な砲身を背負った鳥類のフォルム、その出来栄《できば》えを愛《め》でるように三百六十度から舐《な》め回すように見ている。

極道映画だったらゴルフクラブを磨いている場面。生きるか死ぬかの瀬戸際《せとぎわ》なモブキャラたちとは対照的、彼らの命になんてこれっぽっちも興味がない現代ヤクザの演出。

「何をやってるんだ、あの人はまた……」

平凡な進学校の一角で何がどう転んだらこんな絵面に行きつく。彼女の奇行に耐性を備えている僕ですら引き気味なのだから、獅子原《ししはら》に至ってはドン引きだろう——と思いきや。

「わっ、知らないお客さんがいっぱい来てる」

平常運転だった。一番ヤバいのはこいつかもしれない。

「あー、ほらほら。他の部員に白い目で見られちゃってるじゃないの」

僕たちの存在に気が付いた朔《さく》先輩は、両手を打ち鳴らして解散を促す。

「いつまでも床ペロしてないで帰りなさいったら」

比喩的な表現でさすがに床を舐《な》めている猛者《もさ》は一人もいなかったが。

「見られてるからこそ頭を下げてるんだろ！」「舐《な》めろって言うなら靴の底でも舐《な》めるぞー！」

なおも泣きすがるのは哀れ。

台詞《せりふ》だけ切り取ったら完全に特殊なプレイだ。このまま居座られたら元々良くもない世間体がさらに悪化しそうなため、

「あのー、横やりを入れるようで恐縮なんですけど……」

僕は事態の収拾にかかる。とはいえできるのは簡単なアドバイスだけ。
一、あなたたちが何をしでかしたのかは知りませんし聞く気もないです。
二、ああなってしまった先輩にいくら頼み込んでも効果はありません。
三、大人しく引き下がって金輪際あの人には関わらないのが賢明でしょう。
以上の内容を丁寧に説明した結果、お引き取り願うことには成功するのだが、

「鬼、悪魔、クチビルコウモリ！」「ブタバナコウモリ！」「おまえんちの部長サキュバス！」

去り際に正真正銘の捨《す》て台詞《ぜりふ》を吐かれてしまった。

「誰だか知らないけど、翼種目に詳しい奴《やつ》ら……」

「助かったわ、翼《つばさ》くん。これでようやく本業に戻れる」

「いつからプラモ観賞が本業になったんです？」

「プラモじゃなくてゾ〇ドブロックスよ」

「屁理屈こねないでください」

やっぱり来るんじゃなかった。僕は渋面を作って後悔の念をあらわにするのだが、それが燃料ですと言わんばかりに満面の笑みを見せるのが朔《さく》先輩。ついでに獅子原《ししはら》も誇らしげな笑顔。ない胸をなぜそんなに張っているんだと思えば、

「指令通りこーもりくんをつかまえてきましたっ、斎院《さいいん》先輩！」

「でかしたわ、真音《まおん》さん。翼《つばさ》くんったら試験終わりは部活をサボりがちなの」

「はい、思い切り帰ろうとしてました！」

裏で密令《ライン》が下されていたらしい。仲がよろしくて羨ましい限り。

「いっそ二人で楽しんだらどうです？」

「なーに言ってるの。ゲ◯ター然りアク◯リオン然り合体ロボには三人必須でしょ」

「一人で操縦してくれ……」

「何はともあれいつメン揃《そろ》って安心。テスト期間中は誰も来てくれなくて寂しかったわぁ」

と、まるで自分はテスト期間中も部室に来ていたような言い草。

同様の違和感を覚えたのだろう、獅子原《ししはら》が耳元にひょっこり口を寄せてくる。

「……ねえねえ、斎院《さいいん》先輩ってここに住んでたりするの？」

「その疑惑は僕もときどき抱くんだけど」

訝《いぶか》しく思いながら部屋を見回す。小ぢんまりとしたスペースには書籍が積み上がる他、朔《さく》先

輩が持ち込んだフィギュアやらチェス盤やらティーセットやらカセットコンロ、部室とは名ばかりの生活臭漂う空間に仕上がっているが。

「さすがに居住実態はないだろ」

「でも、行動範囲が狭すぎて心配になってこない？」

「お前と違って放課後ファミレス行くような友達がいないだけだ」

「それはそれで心配だってての」

後輩から軽くディスられていることにも気付かない朔《さく》先輩は「イーグルちゃんも喜んでるわよー、ブーンブーン！」セルフSEを口に出しながら白いワシの玩具を振り回している。人前なら男児でも憚《はばか》る行為を女子高生が平然とやってのける恐ろしさ。

幼なじみの僕ですら彼女の生態は把握しきれていないが、確かなのは女子高生らしからぬ趣味嗜好《しこう》に溺れていること。テンリャンピン、ジャックポット、中山の直線は短いぞ——よしんばカジノ法案が可決されても、未成年には決して許可されない『よからぬ遊び』に興じている節が多々あり。念のため確認しておこう。

「ちなみに、先ほどのドM根性高めなお客様方はいったい？」

「ああ、TCG同好会の連中よ」

「てぃーしーじー？」

疑問符を浮かべる獅子原《ししはら》に、「トレーディングカードゲームの略ね」と先輩は解説。

「マジギャザ、デュエマ、ポケカ、遊戯……オホン、とにかく対戦型カードゲームの総称」

「へぇ〜、そういう遊びみたいな同好会も作れるんだ」

「まるで僕らは遊んでないみたいな言い方だな」

公式の大会とかがある分、カードやeスポーツの方がよっぽど部活らしい。

「つい先日、向こうの指定したレギュレーションで楽しく対戦させてもらったんだけど、見事にボロ勝ちしちゃってね。ミラージュガオガモン最強すぎて困っちゃう」

「嫌な予感するんですが……それで？」

「取り決め通り、合意の上で任意にいくつかのレアカードを差し出してもらったわけ」

「いやいやいやいやっ！」

「なーのにあいつら事後になってゴチャゴチャ文句言ってくるんだから情けないわよね」

「そんなんもう完璧にアレじゃないですかッ！」

賭け勝負《アンティ》がルールブックに堂々と記載されていたのは古《いにしえ》の昔。現代で実践しようものならいじめっ子の烙印《らくいん》を飛び越して一斉検挙されかねない。

「まあ、聞いてちょうだい。それもこれもとある筋からのタレコミが発端なの」

「タレコミだぁ？」

「えっ！　もしかしてあたしらが来ない間に新規の相談が？」

「イエース。ＴＣＧ同好会に巻き上げられたカードを取り返してほしいって相談が複数件」

「ま、マジか………じゃあ、なんです。もとはあいつらの方が奪う側だった、と？」

「それもかなり阿漕《あこぎ》な歩合《レート》だったみたい。お互い納得の上とはいえ限度があるわよねぇ」

これだけ聞けば朔《さく》先輩は悪を成敗した正義の味方。

「人助けしたわけですね。さっすが先輩、尊敬しちゃうな～」

獅子原《ししはら》の賛辞も的外れではない――はずなのだが。何かがどうしても腑《ふ》に落ちない。

「……まさか、報酬をもらったりしてないでしょうね？」

「もちろん無償よ。『奪い返したカードは差し上げます』って言われただけ」

「それを成功報酬って言うんです！　バレたらややこしいことに……」

「ヘーキヘーキ。売ったお金でこのバスターイーグル買ったから足はつかないわ」

「悪質なロンダリングをしている⁉」

つまりいくら土下座してもカードは返ってこなかったわけか。どっちが悪役かわからない。毒を以《もっ》て毒を制すといえば聞こえはいいが。

「とんだ劇薬に手を出したもんですね、その依頼者も……」

「どういう意味かしら？」

「他にいくらでもやり方があったんじゃないですか？　教師に告げ口するのもよし、強引に奪われたんならそれこそ出るところに出て――」

「あーら、あなた『賭け勝負《アンティ》』でボロ負けして高額カード取られちゃいました～、うぇ～ん助けてくださ〜い』なんて、センセーに泣きつけるの？」

「………無理でしょうね。半分、犯罪の自供ですもん」

クリーンハンズの原則。信義誠実を重んじる現代社会において、脛《すね》に傷のある人間は正規の救済を受けられない。

「そんな『はみ出し者』たちにとっては最後の砦《とりで》……セーフティネットたる役割を果たしているのが、我々『文芸部（　）』というわけ‼」

部長による自己肯定感マックスな定義。この説明で何人が納得するのやら。

僕には新興宗教が自己啓発セミナーに変わった程度の違いしか見出《みいだ》せないが、信心深い獅子《しし》原《はら》は「わー、かっこいい！」と菩薩《ぼさつ》に拝顔するような合掌。

「暴れん坊将軍的な？　遠山の金さん的な？　悪を以《もっ》て悪を征するダークヒーロー！」

「ダークって……将軍も金さんも正体は公権力だぞ？」

「そうね。私たちはバットマンとかに近いでしょう」

ちょうどコウモリもいることだし、と。朔《さく》先輩がこのネタをいじってくるのは珍しい。

そういう彼女は『サキュバス先輩』の異名で知られている。名字をもじっただけの僕とは違って歴《れっき》としたミューデント。視線を合わせたり肌が触れたりした相手に好意を抱かせる――言葉にすればすごそうなのだが、披露する場面はこれまた少ない。

「へぇ、バットマンか〜。あ、じゃーあたしアレやります。キャット……キャットマン？」

「キャットウーマン、な。仮装パーティは他所《よそ》でやれ」

「ハァ⁉　あたしじゃセクシーさが足りないってぇ⁉」

「違う。ハロウィンなんて何か月も先なんだから、お祭り騒ぎは……」

「なーに言ってるの、お祭りなら近日中に開催されるじゃない」

「……っ⁉」

その瞬間に自分のこめかみが痙攣《けいれん》するのを感じた。

「ですよねー、ですよねー。それが楽しみでテスト期間乗り切れましたも～ん」

「…………ッ⁉」

びくんびくん、とさらに波打つ僕の血管。

「そんでそんで、うちの部は何やるんです？」

「それをみんなで話し合おうかと思っていたの」

そんな僕には気付かず、仲睦《むつ》まじく笑い合っている女子二名。

チキショー、何がそんなに面白いんだよ――と、疎外感に苛《さいな》まれるのはお門違い。

彼女たちに限らず、この時期の我が校は浮ついた空気に包まれている。それは試験対策の詰め込み作業から解放されたのと同時に、学生にとっては唯一最大とも呼べる『お楽しみイベント』が待ち受けているから。

しかしながら、何事にも例外は存在しており。

「というわけで……六月の文化祭に向けて、私たち文芸部も本格的に動くわよっ！」

朔《さく》先輩が拳を突き上げる中、膝を折る男が一人。

——ああ、一生五月のままならいいのに。

つまるところ僕は、文化祭なるイベントが苦手だった。


翌日、四時限目のロングホームルームにて。

「投票の結果、うちのクラスは和カフェに決まりました」

教壇の舞浜碧依《まいはまあおい》が黒板に書かれている『和風喫茶』の文字を花丸で囲むと、教室からは「キターッ！」とか「よっしゃー！」の歓声。

議題は『文化祭の出し物』について。

我が校における慣習として、一年時はおしなべて展示系（地味なのでつまらない）に限られており、二年に進級するとめでたく飲食系が解禁、最終学年には自主製作の映画やダンスミュージカルなどなんでもござれになる。

よって二年生である僕たちが喫茶店を開くのは、無難な帰結だったが。

「ハイ、ハイ、ハーイ。一つ聞いてもいいっすかー？」

疑義を挟む者が一人。サッカー部のエースにしてチャラ男代表でもある滝沢奏多《たきざわかなた》だった。

「何かな、滝沢《たきざわ》くん？」

「女子の店員にミニスカのメイド服を着せるのはありですかー？」

セクハラじみた質問。僕がアンパイアだったら即刻退場処分を下すだろうけど、人格者で知られる舞浜《まいはま》は嫌な顔一つせず。

「メイドさん？　モノによるけど和カフェには合わないんじゃないかなぁ」

「ってことは花魁《おいらん》みたいにエロい感じの着物ならオッケー？」

「却下だね」

微笑《ほほえ》みのまま切り捨てられた滝沢《バカ》は「遊郭編だってアニメ化したじゃん！」とか言ってなおも食い下がるのだが、図ったようにチャイムが鳴りゲームセット（？）。

「じゃー、衣装も含めてメニューとか内装とか、あとで希望は聞くからみんな考えておいてね……もちろん常識的な範囲内でっ！」

と、約一名に釘《くぎ》を刺す形でロングホームルームは終了。

そのままシームレスに昼休みへ突入した教室内では、やれ抹茶ラテはマストだの、かき氷は利益率がヤバいだの、袴《はかま》ブーツの和洋折衷って最高だよな、以下略。生産性に差はあれども話題は一色に染まっている。

新しいクラスが編成されてからまだ二か月も経《た》っていない中、素晴らしい結束力。

正確には『文化祭』という潤滑油が流し込まれたおかげで、協調性がブーストされているにすぎないのだが。これを機に生涯の友を見つける者、中には惚《ほ》れた腫れたのまま付き合う男女さえ現れる。後者の平均寿命は一か月くらいだが、とにかく文化祭というイベントにはそれだけの魔力が宿っている。

できるなら僕も魔法にかけてほしいのに。

「なになに？　難しそうな顔してるねー」

ニコニコしながら近付いてきたのは、先ほどまで司会進行を務めていた舞浜《まいはま》。背筋を伸ばした佇《たたず》まいからして品行方正、顔立ちはいかにも利発そう。思わず『委員長』と呼びたくなる——というか本物の学級委員である。生徒会執行部も兼ねる優等生だ。

「もしかして古森《こもり》くんも、『カフェ店員はメイド服以外認めん！』な原理主義者だった？」

「あのアホと一緒にするな」

「露出が少ないやつなら一考の余地はあるね。陣羽織《じんばおり》っぽくすれば和の雰囲気にも合う……」

「お前ホントはちょっと着てみたいんだろ」

バレちゃった？　と舌を見せる舞浜《まいはま》。彼女も例外なく魔法にかかっている。

「……どうして文化祭なんてあるんだろうな？」

「あー確かに、普通は十一月にやるとこが多いね。うちの高校はその時期に体育祭があるから二つの兼ね合い——」

「ではなく、文化祭の存在意義を聞いている」

我ながら面倒臭い問いかけに、「うーん、そうだなぁ……」さすがは委員長、律儀《りちぎ》に思案する間を空けてから手を叩《たた》く。

「やっぱり一番は思い出作りじゃない？」

「まるでプラスの思い出しか生まれないみたいな言い方だな」

「まるでマイナスの思い出があるみたいな言い方………え、あるの？」

「ないと言えば嘘《うそ》になる」

否《いや》が応《おう》でも中学時代の記憶が蘇《よみがえ》る。

当時、まだ澄んだ生き魚の目をしていた僕は生徒会の役員をやらされており、学祭には三年間運営する側として携わったのだが——いやはや、これがひどいのなんの。

端的に言えば、やりがい搾取《さくしゅ》である。

教職員の間でも、文化祭＝生徒自らの手によって生み出される芸術品だという固定観念が蔓《まん》延《えん》していたのだろう。自主性の名のもとに企画から準備まで生徒に一任。

「——根本的に悩ましいのは、あそこって中等部と高等部の合同開催だから、来場者が死ぬほど多い……さばききれるわけないんだよ」

「ああ、古森《こもり》くん北白糸出身だっけ。毎年一万人とか来るって話だもんね」

「それでも騙《だま》し騙《だま》しやってたんだが。ちょうど僕らの世代で、女子生徒に対する盗撮とかナンパとか迷惑行為が頻発してさ。とうとう全日チケット制が導入されたんだ」

「あらら。共学では珍しいかも」

「かと思いきや、今度はチケットの転売が横行してさ」

「うわぁ、社会問題のバーゲンセール」

まさしく世も末――ああ、これ以上は本当に思い出したくない。

「どうだ、少しも楽しくないだろ？」

親身に耳を傾けてくれた舞浜《まいはま》だが、最終的に出した結論はこうだ。

「それ含めて全部いい思い出なんじゃない？」

「見解の相違が激しいな」

「でもある意味、予想通りって感じ」

「僕の人生が予想通り灰色だったってことか？」

「十分薔薇《ばら》色《いろ》だから安心しなって。私が言いたいのは……文化祭に限らず、イベントというか祝い事っていうのかな。古森《こもり》くん、全般的に苦手そうなイメージだったから。カレンダーに書いてある『〇〇の日』なんて天敵でしょ」

「…………」

舞浜《まいはま》の真《ま》っ直《す》ぐな瞳に晒《さら》されると全て見透かされた気分。

「鋭いな。さすが僕の元ストーカーなだけはある」

「もー、人聞きの悪いこと言わないで。私は単なる研究者だよ」

どちらにせよ頭に『元』は付けてほしいところだ。紆余曲折《うよきょくせつ》あり僕を研究対象にしていたのが舞浜《まいはま》。獅子原《ししはら》と並んで積極的に僕なんかへ声をかけてくる殊勝な女子の一人だったが、おかげで最近は哀愁に浸る暇もない。

「けど、意外な発見もあったなぁ。古森《こもり》くんのことだからてっきり……」

「なんだよ？」

「いや、『朔《さく》先輩に振り回された悪夢で文化祭恐怖症になったんだ』とか言うのかと」

「大丈夫。あの人、基本的に出不精のアウトサイダーだから。文化祭みたいに外向的かつフォーマルなイベントには興味ない…………なかったんだけどな」

「過去形？」

「今年は異様に乗り気でさ。『文芸部の知名度を全国区に押し上げるぞー』って大はしゃぎ……人騒がせな何かを企んでいる予感しかしない」

「ふぅん……だとしたら会長にも先見の明があったかな」

ぼそり。おそらく意識の外で落とされたその言葉を、僕は聞き逃さず。

「会長って、生徒会長のことか？」

「えっ！　あー、そうそう、そうだった！　実は生徒会からの連絡事項があって……」

なぜだろう。途端に舞浜《まいはま》と視線が合わなくなる。

「会長がさ、文芸部さんの部室に一度お邪魔したいんだって。今日の放課後とか大丈夫？」

「予定が空いてるかって意味なら空いてるけど、何しに来るんだ？」

「活動実態のチェックといいますか、簡単な聞き取り調査も行うつもりらしくて、うん……」

思い出されるのは進級してすぐ、部室の入り口に貼られていた警告の紙。生徒会曰《いわ》く、今の文芸部には活動実績が乏しいのだと。

「本格的な視察が入るってわけか？」

「いやいや。そんな大それたものじゃない………大それてたら謝るけど……ほら、文化祭も近いしね。他の部活も見て回ってるんだ。変なことではないよ」

「へえー。生徒会長、ね」

歯切れの悪い物言い。僕が疑念を強めていたら、

「むむっ！　カイチョーって聞こえたぞ、今」

餌の匂いを嗅ぎつけたみたいに寄ってきたのは獅子原《ししはら》。暇つぶしのゴシップを常に求めるJKにとっては、食いつかずにいられないネタだったらしい。

「なに、カイチョーが部室に来るの？　やばっ、綺麗《きれい》にお掃除しとかなきゃ……やばっ！」

「素人《しろうと》質問ですまん。そのヤバイはいい意味か？　悪い意味か？」

「もっちろんグレイトな方！　超有名人じゃん、カイチョー。なんてったって、あたし調べの『かっこいいミューランキング』で毎年上位に入賞している、憧れの――」

「『吸血鬼《ヴァンパイア》』なんだろ？」

知ってるよそれくらい、と吐き捨てたらなぜか舞浜《まいはま》が噴き出す。

「駄目だよ、獅子原《ししはら》さん。そこは古森《こもり》くんの専門分野なんだから」

「あっ、だよね、ごめん」

こいつらの中で僕はどういう扱いなんだろう。

なんにせよそう、我が校の生徒会長はヴァンパイア（女性）である。

かっこいいミューなどという何の捻《ひね》りもないランキングを獅子原《ししはら》は口にしたが、実際のところ吸血鬼に対してポジティブな印象を持つ日本人は多い。それは彼らが数々の著名な創作に登場し、クールだったり、エレガントだったり、どう見てもラスボスだったり、とにかく扱いがいいことに由来するのだろう。

まして多感な時期の中高生ともなれば、憧憬を一身に得てもおかしくはない。

「去年の選挙、ぶっちぎりだったもんねー。さっすがヴァンパイアって感じ……碧依《あおい》ちゃんも投票したでしょ？」

「入れたけど、私は公約の誠実そうなところに惹《ひ》かれて……かな？」

暗に『選挙とミューは関係ないだろ』と釘《くぎ》を刺す舞浜《まいはま》だったが、キレイごと抜きにすれば影響はあった気もする。歴代トップと言われる得票数で当選した彼女は校内随一の求心力。単純な知名度でいえば朔《さく》先輩をも凌《しの》ぐ——って、比べたりしたら失礼か。そもそも朔《さく》先輩と彼女は系統が全く異なっている。

端的に言えば、彼女は朔《さく》先輩と違って——なんというか、その、うん。

「世界一可愛いよねー、カイチョーって！　初めて見たときびっくりしたもん」

言葉選びに迷っている僕へ、助け舟を出すように獅子原《ししはら》が言う。その発言に、

「「…………」」

こいつ、はっきり言ってくれるよなー、と。複雑な表情を浮かべるのが他二人。

「え、なにっ？　言っちゃいけなかった？」

「いけなくはないんだけどさ……年上に対して『可愛《かわい》い』って表現はどうなのかな？」

「なんでさー？　褒めてるんだよ？」

「人によっては誉《ほ》め言葉に聞こえないってこと」

「可愛《かわい》いが⁇⁇⁇⁇⁇　どーして⁇⁇⁇⁇⁇」

宇宙の法則が乱れる！　みたいな顔の女に、「たとえばね」と諭すように切り出す舞浜《まいはま》。

「ハムスターって可愛《かわい》い？」

「うん。なんかちっちゃくて可愛《かわい》い」

「じゃあそのハムスターが都庁くらいおっきかったとしたら？」

「エッ！　イヤッ！　ヤダーッ！　全然可愛《かわい》くない……デカすぎるもん」

「でしょ？　人は自然とね、巨大なものや畏敬の念を抱くものに対しては『可愛《かわい》い』って表現

を使わないの。よーく覚えておいて？」

「あ〜……あっ！　リスペクトが足りない……ってコト？」

「そうそう、なんでもかんでも可愛《かわい》いって言うのは感覚が麻痺《まひ》してるんだよ。サーベルタイガーが歯茎むき出しで可愛《かわい》い、ピサの斜塔が傾いてて可愛《かわい》い、しまいには太陽の黒点まで可愛《かわい》いとか言い出すＳＮＳのお馬鹿さんみたいに、獅子原《ししはら》さんは絶対ならないようにね？」

お馬鹿さん。優等生らしからぬワードがさらりと飛び出しても耳を疑うようなことはなかった。というのも彼女、まさしく『ＳＮＳのお馬鹿さん』を自ら実践していた時期があり——軽く修羅場になったりもしたわけだが。

「うん！　ありがとー、碧依《あおい》ちゃん」

「どういたしまして」

ズッ友だよ、と言わんばかりに抱き着いて感謝を表す獅子原《ししはら》。それを受け入れる舞浜《まいはま》。

女子のコミュニケーションってよくわからない。いや、女子というかそもそも。

「なあ、お前ら二人って………仲はいいんだよな？」

爆弾処理班になったつもりで質問したら、二人はきょとんとする。

「えっ？　フツーにいいよね、あたしら？」

「もちろん。普通に仲良しだよ、私たち」

「ふつう」

マジックワードの濫用に思えたけど、曖昧さの美学を今だけは普通に尊重しておいた。

生徒会の人間がお邪魔すると思うけど、陸上部の練習があるので自分は行けない。会長に対して『可愛《かわい》い』って言うの禁句だから、特に獅子原《ししはら》さんは気を付けてね。以上の旨《むね》を舞浜《まいはま》から言付かって、迎えた放課後。

来客に備え、宣言通り部室内の掃除に勤《いそ》しんでいるのが獅子原《ししはら》。住宅用洗剤をシュッシュと吹きかけながら、テーブルや椅子に雑巾をかけてピカピカに磨いていく。ちなみに少し前まで
「拭くぜ～、超拭くぜ～？」

は箒《ほうき》を持って「掃くぜ～、超掃くぜ～？」をやっていた。

口調がちょいちょいアレなのはたぶん、朔《さく》先輩から借りたラノベを読んでいる影響なのだろうけど。手際《てぎわ》自体はテキパキしており好印象。家庭的なギャルって実在するんだ。偏見は捨て去って素直に感謝したい。

なにせこの部屋、もっぱら散らかす専門の誰かのせいで、床には細かいプラスチック片が大量に落ちているし、家具類には油や塗料がべっとり付着している。文芸部なのにプラスチックや油や塗料の残滓《ざんし》がある時点で事件性が感じられるけど。

とにかく綺麗《きれい》なのに越したことはない。それはゴミや、汚れの類に限らず。

「……よしっ。詰めたらギリギリ全部入ったな」

遊び道具、食器、工具、スプレー缶。パっと見で「なんでここにあるの？」と追及されそうな危険物たちを、僕はスチール製のロッカーに押し込んだ。引き戸を閉めて施錠《せじょう》すれば衆目に晒《さら》される心配はない。当然、鍵の在《あ》り処《か》を悟られないのが前提なので。

「ここに入れておけば安心、と……」

僕が制服のスラックスをカチャカチャさせていたら、「えっ、ちょ！　こーもりくん⁉」不審者を目撃したみたいに獅子原《ししはら》が寄ってきた。

「ロッカーの鍵、今どこにしまった？」

「ベルトの裏」

「なぜに？」

「いつだったか父さんに教わったんだ。海外で強盗に襲われたりしてもさ、ここに紙幣を何枚か隠しておけば奪われずに済むんだって」

「ここジャパンだよ？」

「そういう甘い考えの奴《やつ》から襲われるとも言ってた」

備えあれば患《うれ》いなし。一通り片付いた室内を見渡して僕は最低限の満足を得る。欲を言えば飾られているプラモ類も撤去したいのだが、勝手にいじってパーツが破損しようものなら怒髪天を衝《つ》く女がいるので現状維持。

無論、本人の許可を得た上で移動するのが賢い選択だったが。

「珍しいねー、この時間になってもまだ斎院《さいいん》先輩が来てないの」

「今日は来ないかもな、あの人」

「えぇ？　せっかく生徒カイチョーさんがお越しになるのに？」

「だからこそだよ。昔から悪運だけは強いっていうか、虫の知らせっていうのか」

「……あのさー、強盗だの虫の知らせだの、なんでさっきから不吉なこと言うのー？」

せっかくのお祭り気分が台無しだよ、とでも言いたげな獅子原《ししはら》。生徒会長の来訪に対して何か好意的な妄想を膨らませているらしい。

「逆に聞くけど、なんで生徒会長サマなんてお忙しい方が、こんなしみったれた部室に好き好んで足を運ぶんだと思う？」

「なんでってそりゃ……きっと表彰か何かされるんだよ」

「表彰？」

「相談に来た人に書いてもらってるアンケート、もう結構な量じゃん？　その評判を聞きつけた偉い人たちが今期のギャラクシー賞的なものを授与しに――」

「…………………」

薄々感づいてはいたが、おそらく獅子原《ししはら》は『ぶぶ漬けでもどうどす？』と勧めてきた京都人の家に遅くまで居座り、最終的には意気投合してしまうタイプの超人。そのままの君でいてほしいと本気で思ってしまった。

「……まあ、だといいな」

「だよねー、いいよねー」

世界平和ってここから始まるのでは。僕が粛々と人類史に貢献していたら。

「すみません。よろしいですか？」

と、廊下の方から声がする。開けっ放しの出入り口からこちらを見ているのは、スレンダーな女子生徒。黒縁の眼鏡に、前髪を切《き》り揃《そろ》えておさげが二本。いかにも真面目そうな雰囲気。

「生徒会の者です。話は通っているそうですが」

「あーっ、はいはい、聞いてまーす！」

待ってましたとばかりに招き入れる獅子原《ししはら》。そのまま「どうぞおかけになってください」と椅子を差し出すのだが、「お構いなく」彼女がそこに腰を下ろすことはなく。

「三年の柊《ひいらぎ》と申します。生徒会では副会長を務めております」

「へー、柊《ひいらぎ》さん、副会長……あれれ？　カイチョーが来るってハナシだったんじゃ……」

「失礼、お話の前に」

柊《ひいらぎ》副会長は、獅子原《ししはら》と僕の顔を交互に見比べて――最終的に僕の方へ視線を合わせる。

「責任者はあなたですか？」

「部長が不在なもので。代理って意味なら僕になります」

「そうですか、なら……」

彼女がブレザーのポケットから取り出したのは、細長い機器。スマホよりもさらに小型のそれを、不正はないとでも示すように、よく見える位置に掲げて。

「会則により記録を残す必要がありますので、ここからは録音させてもらっても？」

「ボイスレコーダー、ね」

思わず肩をすくめる。ああ、そうですか、やっぱりそうでしたか。

「録音？　記録？　ぬぅ？」

何が起こっているのかわからない女に代わって僕が答える。

「ご自由に」

「感謝します」

副会長がレコーダーを起動するよりも先に、僕は獅子原《ししはら》の肩を叩《たた》く。

「聞かれたことには僕が答えるから、無理して喋《しゃべ》らないでいいぞ」

「えっ？　あー、はい………」

そのまま立ち位置を変更、文字通り僕が矢面に立たされる。

「もう一つお願いがあるのですが……作業の関係上、人数が必要でして。他の役員が入室するのを許可してもらっても？」

「ええ、好きに調べてください。やましいことは何もありませんから」

「ありがとうございます。では……みなさん、お入りくださーいっ！」

副会長が外に向かって声を張ると、どうだろう。物陰にずっとスタンバってましたと言わんばかりに、ぞろぞろ現れたのは税務署の職員――ではなく生徒会の役員。

男女混合で六人、お揃《そろ》いの白い手袋にマスクを着用している。

「こんにち、は？」

戸惑いながらも挨拶を欠かさない獅子原《ししはら》に、彼らは小さな会釈《えしやく》で応えると。

「所定の作業、始めまーす！」「了解、テープ貼りまーす！」「光源、確保しましたー！」

僕たちの前で『作業』が開始された。

ある者は『立ち入り禁止』と書かれた黄色いテープを引いて出入り口を塞ぎ。

「え……こーもりくん。あの人たちいったい、何やってるの？」

「ご覧の通りだろ」

ある者はペンライトを片手に棚の後ろの暗闇を覗《のぞ》き込み。

ある者は『A』や『B』のアルファベットが書かれた黒いパネルを床に並べていき。

「されるがままでいいの？」

「大人しくしとけ」

ある者はごつい一眼レフを構え、シャッターを切るとストロボフラッシュが光った。

「いやいやいや、黙ってないでさ？」

「…………」

ある者は耳かきの梵天《ぼんてん》みたいな白いポンポンを使って指紋が残っていそうな場所を――

「警察の鑑識ですかぁ⁉」

と、そこでついに獅子原《ししはら》が絶叫。一発では収まらず。

「事件の現場ですかぁ⁉」

二発目の咆哮《ほうこう》。どちらも至極真っ当なツッコミではあるのだが、

「鑑識ではなく生徒会です」

「わかってるよ！　だから驚いてるんでしょ！　なんで刑事ドラマみたいになってるの！」

副会長はローテンションを一切崩《くず》さず、他の面子《めんつ》も僕らには目もくれない辺りプロ。

「汚い言葉を使うな、獅子原《ししはら》。録音されてるぞ」

「あっ、ごめんなさい……いやでも、その録音からしてもうイミフの極みだしさ。こういうのなんていうんだっけ。カチコミじゃなくって、片栗粉《かたくりこ》でもなくって……」

「ガサ入れ、家宅捜索？」

「そうそれ。あたしたちが何をやらかしたっていうの！」

「奇遇だな。さっきから僕もそれをずっと考えている」

正式には、朔《さく》先輩が何をやらかしたかなのだが――

正直、心当たりが多すぎる。

「せめてなんの罪に問われているのかくらい教えてほしいよー」

「一理ある。そこんとこどうなんです、副会長？」

「順番が前後しましたね、申し訳ありません。実は……」

「待て、柊《ひいらぎ》。私の口から説明しよう」

凛《りん》とした声に目を向ければ、キープアウトのテープをくぐってくる生徒が一人。

瞬間、生徒会メンバーたちは作業を中断し、一斉に彼女の方へ向き直った。

『会長、お疲れさまです！』

重なった声は、敬礼こそしていなかったが軍隊を彷彿《ほうふつ》とさせる。

空気が一変したのは肌を通して体感できた。塗り替えたというよりは調伏の類――あたかも悪《あ》しき怨霊《おんりょう》を祓《はら》って隷属させるように。それほどの存在感。

「手を止めるな、続けろ」

指示に従い、生徒会のメンバーは作業に戻る。一方で、僕は彼女から目を離せずにいた。真っ先に目を引くのは透明感を帯びた金髪――腰下まで届く長いプラチナブロンドが二つにまとめられている。同じ色のまつ毛に縁どられた青い瞳に、すっと通った鼻筋。それら全て異国の血が通っている証《あかし》。母親が英国人なんだとか。

「ごきげんよう、文芸部の諸君」

肩にかけている漆黒の外套《ケープ》はさながら夜空に溶け込む翼《つばさ》。

ダン！　と、踏み鳴らして僕たちの眼前へ舞い降りた彼女こそ、

「生徒会長の赤月《あかつき》カミラだ。よろしく頼む」

かくして親玉（？）がお出まし。ボスなのかドンなのか棟梁《とうりょう》なのか。とにかくそういう名称が浮かんでしまうのは、女子高生らしからぬ語調が要因。よくいえば格式高く、ともすれば尊大にも聞こえ、俗っぽく言えば「かっこつけた喋《しゃべ》り方だな」という。

まさしく怪異の王たるヴァンパイア。少なからず身構える僕の傍《かたわ》らで、

「ふぁ、ふぁ～～～～……っ」

甲子園のサイレンじみた何か。とんでもなく間の抜けた声を発する女が一人。

獅子原《ししはら》は有名人を前に感動を抑えきれないらしい。嗚呼《ああ》、こんなミーハーにはなりたくない。

全力で反面教師にする僕は喉の調子を整える。

「あー、どうも初めまして。僕は――」

「自己紹介なら不要」

会長はコバエでも払うように手をヒラヒラ。

「二年A組の古森翼《こもりつばさ》だな。安心しろ、君のことならよ――――く知っているぞ」

意味深長な台詞《せりふ》と共に睨《にら》まれる。初対面のはずだが。

「どういう意味でしょうか？」

「こちらの話だ」

どちらの話だ。言うまでもなく醜聞や悪評なので気にしても仕方ないか。

「そっちは獅子原《ししはら》真音《まおん》でよかったかな？」

あらあらまああ、とその瞬間にミーハー日本代表が甘い息を漏らす。名前を認知されているのが（もしくは呼ばれたのが）尊いしんどいもうマジ無理って反応だったけど。口角が一ミリも上がっていない会長がファンサービスを狙ったとは思えず。

「単刀直入に聞こう。ＴＣＧ部の人間から強奪したというブツは、どこに隠してある？」

間合いを詰めた彼女は『ネタは上がってるんだぞ？』とでも言いたげに僕の目を覗《のぞ》き込む。

厳然たる威圧、それこそ取り調べをするベテラン刑事だったが。

「強奪……穏やかじゃないですね」

他人事《ひとごと》みたいにうそぶけるのは備えが万全だったから。

「何があったのか、聞かせてもらっても？」

「生徒会の投書箱に匿名で告発が寄せられてな。斎院朔夜《さいいんさくや》が、悪質な賭け勝負によって高額カードを巻き上げたのだという。彼女の単独犯という線で捜査を進めているが……庇《かば》い立てするのなら、君たちも同罪になり得るぞ？」

「滅相もない。可能な限りご協力させていただきます」

「殊勝な心掛けだ。で、肝心の斎院朔夜《さいいんさくや》はどこにいる？」

「さあ？　自由人なのでなんとも」

「…………」

嘘《うそ》ではない。しかし、真偽とは別の何かを見極めるように半眼を作る会長。必然的に顔が近くって、小心者の僕は気圧《けお》される――なんてことは全然なく。

――会長に対して『可愛《かわい》い』って言うの禁句だから。

駄目だ、変なこと考えるな。フラッシュバックした舞浜《まいはま》の台詞《せりふ》を振り払っていたら。

「会長、よろしいですか？」

話しかけてきたのは副会長。

「一通り調べ終えましたが、該当の品は見当たらないようです。残っているのは……」

眼鏡のブリッジを押し上げた彼女が視線を向ける先には、施錠《せじょう》済みのロッカー。

「悪いがあそこにあるロッカー、改めさせてもらっても？」

お目当ての証拠物件は悪質洗浄《ロンダリング》済みだが、芋づる式に余罪を追及されかねない。

「鍵が手元にないんです。部長が持ち歩いて……いや、職員室に保管してあるんだっけな？」

「はっきりしろ」

「はっきりとはわからないって言ってるんです」

「……なるほど」

暖簾《のれん》に腕押し、僕のそれが意図的なものだと会長は確信したのだろう。

「協力するというのは口だけのようだな」

「お言葉を返すようですが。ろくに訳も聞かされないまま家捜しされて、一方的に犯罪者みたいな扱いを受けて、まともな協力が得られると本気でお思いですか？」

喧嘩《けんか》を売るつもりはないけど、最低限の主張は通さねば対等な交渉は望めない。果たしてこの部活（ひいては朔《さく》先輩）に、そこまでして守る価値があるのか。答えに窮するので、なんだかんだ僕も権威に逆らいたいお年頃だったという理由にしておこう。

空気がピリつく。図らずも生徒会長とバチバチの展開だったが。

「あの～………カイチョー、カイチョー？」

もはや九官鳥のさえずり。惚気《のろけ》切った獅子《しし》原《はら》が持ってきたのは竹編みのバスケット。お茶請けがたんまり入っているそれを貢物《みつぎもの》のように会長へ捧《ささ》げて。

「食べます、これ？」

ニヤケ面は「全部どうぞ！」と口ほどにものを言っていた。

「いらん」

「そんなこと言わないでー。甘いのしょっぱいの酸《す》っぱいの色々あるんで……へへへっ」

「結構」

仏頂面の会長にも臆することなく、餌付け（？）を続行する獅子《しし》原《はら》。馬鹿と天才は紙一重。

放っておいたら大爆発しそうなので。

「おい……おいって、ぶぶ漬け大好き女。こっち来い」

「うわっ、なに？」

怖いもの知らずを腕ごと引き寄せて隔離。

「明らかに嫌がってるし、下手すりゃ事案な絵面だぞ」

「えっ！　うそ、ごめーん……でもでも、全身全霊で甘やかしたくなっちゃうじゃん、よしよしって頭撫《な》でたくなっちゃうじゃん」

「シーッ！　黙れ！　いいかぁ？　韓非子《かんぴし》って思想書によれば……」

人には誰しも『触れられたくない領域』がある。

それこそ竜や虎を相手取ったときのように敬意を払う——つもりだったが。

「そーか、そーかぁ……本当によく理解できたぞ」

腫れ物に触るようなその態度が、まさしく会長の逆鱗《げきりん》に触れてしまったらしい。ふっふっふっふ、と肩を揺らすのは笑いであり怒りの発散。

「揃《そろ》いも揃《そろ》って年輩者をコケにするのが得意らしいな」

「いやいや、僕は全然……撫《な》でたいとかほざいてるのこいつだけです」

「コラー！　仲間を売るなー！」

「下《した》っ端《ぱ》がこれなら束ねる長の程度も知れる……大体にして、どうだ？　己の住処《すみか》に土足で踏み入られているこの惨状においてなお、呑気《のんき》に姿をくらましているだなんて。人の上に立つ者の行いとは到底思えない」

あまりに的確すぎる批評で頷《うなず》きそうになっていたとき。

「あーら、嫌だわ〜。騒がしいと思ったら、うちの部室だったなんて……なにこれ、邪魔ね」

べりべりべり、入り口に貼られていたテープをむしり取って現れたのは、濡《ぬ》れ羽色の髪をなびかせる長軀《ちょうく》の女。渦中《かちゅう》の朔《さく》先輩お出ましだった。

「ゾロゾロ、ゾロゾロ……深夜のコンビニでたむろするゴロツキみたいに群れを成して、みっともない。バルサン焚《た》きたくなっちゃうわー……ってそれじゃあゴキブリか。人並みの節度も持ち合わせていないのね、生徒会って」

朔《さく》先輩の悪態に「ふんっ」と正面切って対峙《たいじ》する会長。

間合いを詰めていく二人は、ぶつかり合う寸前でメンチを切る——ことはなく。

「ようやく姿を現したか、斎院《さいいん》さく——」

「ああ〜んっ」

「…………ッ⁉」

次の瞬間、ぼいーん、という丸みを帯びた効果音。

そんな漫画チックなSE、現実に生じるはずないのだが。この場にいる全員が同じ幻聴を耳にしたのではないか。早い話、両者は正面衝突。条件次第では頭蓋骨がごっつんこ、悶絶《もんぜつ》不可避だったけど、幸か不幸か難は逃れていた。

無駄にぜい肉が詰まってはち切れそうな朔《さく》先輩の胸が、エアバッグの役割を果たしたから。

問題は当たり所。いくら柔らかいとはいえ、そんなものをいきなり顔面に押し付けられれば、ドッジボール的にはセーフでもいい気はしない。

どちらが一時停止を怠ったのかは明白。

「き、き、き、貴様ぁ〜………」

反動で二、三歩よろめいた会長は、鼻先を押さえながら朔《さく》先輩を睨《にら》みつける。

——おっとと……見えなかったわ。

性悪な台詞《せりふ》で品位を下げるような真似《まね》はせず。

「ごめんあそばせ、ちっちゃくて可愛《かわい》いお嬢さん？」

思慮深く笑いかける朔《さく》先輩。これが大人のやり方だぞ、とでも教示するように。

実際、朔《さく》先輩が女性にしては背が高いのを加味しても、それより頭一つ分以上小さい会長は——目測、百四十と少し。見たまんま大人と子供の差があった。

畏れ多くもその事実を指摘することは、明確な宣戦布告を意味しており。

「ちっちゃいって言うなぁ——‼」

十秒前まで王族みたいな振る舞いをしていた少女が激高。

「可愛《かわい》いって言うなぁ————‼」

気品や余裕をかなぐり捨てた二連発のシャウトに、

「落ち着いてください、会長」

冷静に諭すのが副会長。補佐役だけあって、癇癪《かんしゃく》の扱いにも慣れているのだろう。

「ボイスレコーダー、作動中です」

「……ふーっ……ふーっ……くふ〜〜〜っ！」

「感情のまま叫んだりしますと、その………」

外見相応に幼く見えますとは口が裂けても言えない中、何かに納得するように息を呑《の》んだ獅《し》子《し》原《はら》は僕の耳元へ口を寄せる。

「略して『ちっかわ』……だよね？」

「略さないでいい」

しかし、それに近い愛称が広まっていてもなんら不思議はない。

そう思えるほどちっちゃくて可愛《かわい》い女の子が、我が校の生徒会長を務めていた。

　例によって、ミューデントを理解する上でまずは元ネタとなる超自然的存在の方について、ざっくり触れておこう。

　Ｖａｍｐｉｒｅ。

　日本においては今でこそ統一的に『吸血鬼』と翻訳され、あるいは『ヴァンパイア』としてそのままカタカナでも通じるほど市民権（？）を得たが、歴史自体は浅い。もちろん概念としては古くから存在していたのだろうけど、呼称が定着するのは近代以降。

　そのイメージや定義を明確にしたのが、アイルランドのブラム・ストーカーが書いた小説。彼の作品に登場する伯爵の名前【ドラキュラ】＝【ヴァンパイア】＝【吸血鬼】だと誤解している人も多いくらい。特徴をいくつか挙げるなら。

・不老不死性——血液を食料としており、若い女の生き血を吸って若返る。
・変化能力——体の大小はもちろん動物や霧にもなれる。
・エスパー能力——催眠、幻術、テレパシー、一通り。

・苦手な物――ニンニク、十字架、日光、流水、エトセトラ。
詳細は省くけど、ヴァンパイアと聞いて思いつく要素はほぼ入っているはず。

言わずもがな後世の創作にも多大なる影響を与えており、ここから足したり引いたりミックスしたり。訓示性の強い作品だとヴァンパイアも所詮は魔物の一種、最終的には退治される役割なので弱点が強調されやすい。逆にライトなコミックや小説だと、こいつどうやって倒すんだよってくらい弱点は取っ払われていたりもする。

………で、いよいよ本題。現実におけるミューデントの話。

とはいっても、他のミューと同様。世界の法則を乱すようなパワーは秘めていない。

不老不死でなければ、超能力は使えないし、日光を浴びても灰になったりはしない。

そんな彼らが『吸血鬼《ヴァンパイア》』と呼称される由来は、その名の通り人の血液を口にするから。

これだけ聞いたら十分な特異性。突如として乙女の首筋に噛《か》み付《つ》き、鋭い歯に鮮血を滴《したた》らせる姿を目撃した日には夜も眠れなくなりそうだが。

実際は吸ったり噛《か》み付《つ》いたりのバイオレンスは一切なく。

「要するに――そもそもはＴＣＧ部の連中が不当な賭け勝負に手を染めたのが発端だったと、

君はそう言いたいわけだな……古森《こもり》翼《つばさ》？」

「はい。朔《さく》先輩は被害者の相談に基づいて、それらを取り返しただけ……」

裁判所の法廷だな、これ。

今の状況をわかりやすく表現する言葉を見つけて、僕は訳もなく安堵《あんど》していた。

思えば昔から朔《さく》先輩のせいで、弁護人という名の貧乏くじを引かされ続けてきた。最適解のムーブをできるよう否《いや》が応《おう》でも体に仕込まれていた。

「なるほど。大方把握させてもらった」

「何卒《なにとぞ》ご寛大な処置をお願いします」

「慇懃《いんぎん》無礼《ぶれい》は鬱陶しいぞ。最初から事情を聴取しにきただけなんだ」

「その割にはボイスレコーダーとかキープアウトとか、えらく殺伐としてましたが？」

「端《はな》からなあなあでは舐《な》められるだろう。私のような見てくれの人間は特にな」

こうして見ると、赤月《あかつき》会長は警察や検察よりも裁判官という呼び名がしっくりくる。

ロケーションは変わらず、文芸部の部室。家捜しを終えた生徒会メンバーは会長を除いて撤退。任意の事情聴取が実施されていた。

「失礼します」

と、そこで少し前に席を外していた眼鏡の副会長――柊《ひいらぎ》さんが帰還。

「聴取の進捗はいかがです、会長？」

「上々だ」

「それは何より……どうです、この辺りで一服？」

「おおっ。気が利《き》くじゃないか」

テーブルに着いた赤月《あかつき》会長が柊《ひいらぎ》さんから受け取ったのは、銀色のパウチ。

一見ゼリー飲料でも入っていそうなそれには、

『飲食物ではありません！』『ヴァンパイアＯＮＬＹ！』『子供の手の届く場所に置かない！』

物々しい警告が書かれている。しかし、そのキャップを開けて迷わず口を付けた会長は、命の水と言わんばかりに喉を鳴らして。

「……はぁ～っ……生き返る……」

風呂《ふろ》上がりに流し込むキンキンに冷えたビールの一口目。まさしくそんな愉悦が伝わってくる。ビール腹とは無縁の美少女によって紡《つむ》ぎ出されるその情景を、

「うわー……飲んでるよ～、ゴクゴク飲んでる……！」

好奇心半分、感動半分で見つめる獅子原《ししはら》。気持ちはわかる。

なにせあの中身は人間の血――色はトマトジュースみたいでも紛《まが》うことなき血液だ。

血液の売買が禁止される日本では入手自体困難。ヴァンパイアが国（正確には認可法人）から特別に支給された物を、生徒会室の冷蔵庫にストックしているらしい。

なお、輸血用の血液は遠心分離したのち成分ごとに低温・常温・凍結で保存されるが、飲用

の場合その限りではない。

「あの～！　美味《おい》しいんですかー、それ？」

聞かずにはいられないとばかり、身を乗り出して挙手する獅子原《ししはら》。

僕は無関心を装《よそお》いつつ「いい質問だな」と内心サムズアップ。気になるだろ、だって。

データとしては知っている。ヴァンパイアがミューデントの自認をするきっかけは、口内を出血したり切った指を舐《な》めたりした際。僕たちだったら鉄臭いとしか思えないそれに、彼らは違う何かを感じる。つまり『血液に対する味覚』が変異しているのだ。

「ふぅーん、気になるのか。ならば答えてやるのが務めだろう」

上機嫌に見える会長は赤い舌先で唇をペロリ。

「忌憚《きたん》なくいえば、美味《おい》しくはない」

「えぇ……⁉」

獅子原《ししはら》と共に僕も困惑する。そんなに美味《おい》しそうに飲んでるのに？

「なかなか複雑なんだよ。甘味、塩味、酸味、苦味で分類するのなら……おそらく苦味に一番近いんだろうが、不思議と嫌な苦さではなくって……うう～ん」

言葉に詰まる会長。僕も詳細が気になってしまい、

「お高めの青汁みたいな感じですか？」

尋ねるのだが「いや、そんなに苦くはない」と首を振られる。

「むしろほんのり甘さもあってホップな味わい。香りも含めた全体のバランスが爽やかに心地良く感じられて、口腔《こうこう》内の油を流してすぅーっと喉を通る感覚もたまらない」

やっぱりビールじゃないか。わかったことは一つ。どれだけの高級料理だろうと、どれほどの美食家だろうと、文字や言葉で美味《おい》しさを伝えるのは至難の業。

「とにかく癖になる味わいだな」

「……ってことは、あたしもワンチャン行けるかな？」

「ノーチャンスだからやめておけ」

目を輝かせる獅子原《ししはら》に僕は嘆息を返す。

同じ行為を一般人が真似《まね》したら秒で吐く。無理して飲み干そうものなら鉄分の過剰摂取で最悪ショック死しかねない。裏を返せば、ヴァンパイアの体にはそれを防ぐシステムが具わっている——こんな風に書くと血液から栄養を摂取しているようだが、余分な鉄分が体内に蓄積されないというだけだ。

彼らもエネルギー源自体は僕らと同じく肉や野菜や米。飲血《いんけつ》（※血液を経口摂取する行為を指す）は、生命維持に直結しているとまでは言い難《がた》い、のだが。わざわざ国から支給されている限りは、科学を超えた神秘、相応の理由がある。

「ふぅ〜、やはり飲血は精神安定剤、飲血は全てを解決してくれる」

会長はトリップしたように甘い吐息を漏らして、

「一発キメればシャキっとする。嫌なことぜーんぶ忘れられる」

外見年齢小学生の人間が口にしちゃいけない、危ない台詞《せりふ》を平気で吐いてくれる。

断っておくが、合法である。医学的な見地に基づいたホワイト。

ヴァンパイアならみんなやっていることだし、依存性は低いから日常生活に支障を来さないし、車の運転前に服用が禁止されていることもない。

いわゆる嗜好品《しこう》、コーヒーやエナジードリンクに近いものだと僕は認識している。カフェインの有害性を考えればそれらよりもよっぽど安全だろう。

無論、乱用はご法度《はっと》。酒にせよタバコにせよ理性によるコントロールが大前提の一方、いくら理性的な人間でも現実逃避しなければやっていられないときがある。会長にとっては今がまさしくそのシチュエーション。

「……で。悪いが、そろそろ、その馬鹿を起こしてもらえるか？」

一喝する気力もないのだろう。申し訳なくなった僕はすぐに立ち上がる。

「あー、先輩、朔《さく》せんぱーい？」

すぴー、すぴー。背もたれにぐでーんと全身を預けて寝息を立てている女は、

「起きろって、おい」

「…………………ふがっ？」

とろーんとした目を数回しぱしぱさせてから、気持ちよさそうに伸びをした。

「う————ん……おはよう。生徒会長の説教は終わったのかしら」

「貴様、よくもぬけぬけと『無関係です』みたいな顔でいられるな？」

激しく同意する。某大作ＭＭＯのアーリーアクセスで寝不足なんだとかぬかして、今に至るまで睡眠学習を続けていた朔《さく》先輩。

「自分の行いが賭博《とばく》罪に問われかねないのを理解しているのか？」

「あーら、奪われた側の人間には泣き寝入りしろっていうの？」

「救済のためとはいえ悪事に手を染めていい理由にはならない」

水と油以上に相容《あいい》れない二人。堂々巡りは目に見えているので。

「……あのー、僕からの提案です」

悪いことをしたのは謝るし言って聞かせる。

だけど人助けしたのは事実だし、今回はこれくらいで勘弁してやってくれないか。

譲歩に見せかけた一方的な嘆願に、会長は。

「ふむ。君がそういうのなら、聞いてやらんこともない」

「ありがとうございます」

話が通じる人で良かった……ん、君がそういうのなら？

「だが、あくまでこの一件についてだけだ。他の件については別途、追及が必要」

「別件もあったんですか」

朔《さく》先輩のことだから余罪の一つや二つ抱えていてもおかしくはないが。

「柊《ひいらぎ》、読み上げろ」

会長に命じられた柊《ひいらぎ》さんが「はい」と答えて手帳を取り出す。

「まずは将棋部から。貸した将棋盤がすでに一年近く返却されていない。部費を溜《た》めて購入した貴重品なので、占有は厳に慎んでほしいとの苦情が入っております」

「あー、はいはい」

ロッカーに詰め込まれた将棋盤を思い出して、僕は申し訳なくなるのだが。

甘く見ていた。想像を絶していた、が正しいか。

「同様に、パソコン部からは返却を受けていないノートパソコン他、ルーターなどの通信機器一式。写真部からは撮影機器一式、漫画研究部からはコミック類多数、料理部からは調理器具一式、美術部からは画材用具一式、他にも運動部関連で――」

「ちょ、ちょ、ちょ……」

僕は途中で耳を塞いでしまう。

「――以上、締めて十二件。生徒会に寄せられた苦情の内訳です」

「どんだけ迷惑かけてるんですか、あなた!」

「うっそ〜、そんなに返してなかったかしら?」

「借りパクする奴《やつ》が決まって言う台詞《せりふ》……」

「でも待って、翼《つばさ》くん、聞いてよ？　そもそもあの将棋盤は、私が将棋部の主将に五番勝負を挑んで見事に逆三タテした戦利品だし、パソコンにせよ漫画にせよ互いに納得した勝負の結果、担保として譲り受けたにすぎない――」

「もうギャンブル依存症だ」

語るに落ちた朔《さく》先輩を前に僕は絶望する。

「理解できただろう。これが斎院朔夜《さいいんさくや》という女の本性だ」

僕を見る会長の目は青く澄み切っており、「目を覚ませ」と言い聞かせる宣教師のよう。

「君が身を挺《てい》してまで庇《かば》う価値なんて――」

「待ってください、カイチョー！」

と、声を上げたのは獅子原《ししはら》。

「違うんです！　悲しいすれ違いと申しますか、大いなる誤解と申しますか……あたし、馬鹿だから上手《うま》く説明できる自信ないんですけど。とにかく斎院《さいいん》先輩は、カイチョーの思っているような悪い人じゃないんです！」

懇願する様子はなんだか、彼氏のDVを第三者から咎《とが》められて「普段はいい人」『優しいときもある』とか言って擁護する洗脳済みの彼女みたい。

DVも洗脳もしてないけど、朔《さく》先輩を善悪で峻別《しゅんべつ》するなら大体後者だろう。

「あたしに『本当の自分らしさ』を教えてくれた恩人……救われた人だっているんです！」

「その点は、身内から報告を受けている。どうぞ寛大な処置をという口添え付きでな」

身内。誰とは言わなかったが十中八九、舞浜《まいはま》だろう。

「これでも一定の評価はしているつもりだ。その上で尋ねよう……君は思考停止に陥ってはいないか？　一の善をもって百の悪を受け入れてはいないか」

「だ、だから、悪いことなんて全然……」

「たとえばこの部屋の中で彼女が、およそ生産性の垣間見《かいまみ》えない私的な娯楽活動にうつつをぬかしている現場を、目撃しているのではないか？」

「うっ……」

目撃どころか日常茶飯事。

なにせ毎回ノリノリでその娯楽に付き合っていたのが思考停止のイエスマンである。

「学校は勉学に励むための場所。課外活動はその大前提の上に成り立つ」

そんな獅子原《ししはら》に対して、じわじわ退路を断っていくような口振りの会長。

「ど、どーいう意味でしょうか？」

「部活動に傾倒しすぎて試験で赤点を取るなんて、本末転倒だと言っているんだ」

僕は「いやいやいや……」と半笑いで首を振ってしまった。赤点は、さすがにない。獅子原《ししはら》がいかに刹那主義だろうとも、そこまで落ちぶれているはず——

「二つまでならセーフじゃないんですか!?」

あったらしい。三秒ルールの真実を知ったみたいな獅子原《ししはら》に、僕は問う。

「どこ情報のセーフだ？」

「バスケ部のちーちゃんだよー。三つ取ったら職員室で土下座なんだって」

「それは運動部内の自治ルールであって」

「あたしは何個取っても平気ってこと？」

「最強かお前。赤点なんて一個でも恥……」

「いいえ、獅子原《ししはら》さん。テストの点なんか、必要以上に気にしなくていいわ」

僕の戒めを真っ向から否定したのは、ギャンブル依存症の借りパク常習犯。

「考えてもみなさい。この世には、勉強なんてできなくてもAO入試《エーオーにゆうし》で有名大学に合格してテレビ局に入社してスポーツ担当のアナウンサーになってイケメンのプロ野球選手と結婚して最終的に莫大《ばくだい》な富を得る女性だっている――」

「………………」

瞬間、僕の視界はぐにゃりと歪《ゆが》む。

朔《さく》先輩の堕落しきった持論に、可塑性の高さゆえ感化されてしまう獅子原《ししはら》。

伊達《だて》や酔狂では済まされない悪循環の構図を、冷めた目で見つめているのは部外者二名。赤《あか》月《つき》会長と柊《ひいらぎ》副会長だった。

本来なら僕もあちら側のスタンスで然《しか》るべきところ――いつからだ？

いつから僕は、濁り水に呑《の》まれていた？

表面上は否定しながらも深い部分では受け入れていた。仕方ないでは済まされない醜態を仕方ないで済ますようになっていたのは。

なんたる怠慢。悔やんでも悔やみきれなかったが。

「過《あやま》ちを正すのに、遅すぎるということはない」

叱責どころか赦《ゆる》すように会長は言う。僕の落胆や自責の念を、おそらく余すところなく理解した上で。慎《つつ》ましくも儚《はかな》い、モノがモノなら○学生と伏せ字にされそうな風貌に、これほどの大器を具えているとは――そんな偏見を抱いた自分を恥じる。大事なのは中身だ。

「どうするのが最善か……あえて言わずとも、君には理解できると思うが？」

会長の真《ま》っ直《す》ぐな瞳。その真意を僕は瞬時に理解した。ここで我々が争ってどうする。利害の一致。そう、正義の心を取り戻すのは今。

「異議なし!!」

僕は力の限りに叫んだ。ついでに立ち上がって拳を握る。周りの人間からすれば発作のようにも映っただろう。「逆裁!?」ぎょっとしている獅子原《ししはら》と「ないなら座ってなさいよ」珍しくまともなツッコミの朔《さく》先輩、両方を無視して僕は会長に歩み寄る。

「こちら、どうぞお納めください」

僕がベルトの裏から取り出したのは一本の鍵。

「ロッカーの鍵です。中には借りパク未遂の品が大量にあります」

「そうか……ありがとう。よく決断してくれたな」

会長は、僕の勇気を称《たた》えるように二の腕付近をポンポン。本当は肩を叩《たた》きたいのだと思われるが、しまらない絵面になるのを（身長差的に）考慮したのだろう。つま先立ちの彼女を妄想して微笑《ほほえ》ましく思っていたら。

「な、な、な、何を考えているのぉー、翼《つばさ》くーん!?」

紛《まが》うことなき絶叫。頭を抱える朔《さく》先輩はアメコミの劇画タッチを彷彿《ほうふつ》とさせる。

「あなた、光秀《みつひで》だったの!?　陳宮《ちんきゅう》だったの!?　ブルータ―――――ス!!」

「謀反《むほん》のつもりはありません」

「ならどうして敵方に利する行為を!?」

敵って誰だよ、とか言い出したら本格的に裏切りキャラの烙印《らくいん》を押されそうなので。

「あなた……というか、あなたたちを、最近は甘やかしすぎていました。いい機会なので、一度この部の紀律を見直すべきです」

僕の提言に、「見直す必要なんてないよ！」果敢にも異議を唱えてくるのは赤点二つ女。

「遊び道具を取り上げるなんて斎院《さいいん》先輩が可哀《かわい》そう。半分虐待じゃん」

「……獅子原《ししはら》、お前って奴《やつ》は」

「あたしたち、これまでフツーに上手《うま》くいってたんだからさ。別に変わらなくたって……」

もういい、もういいんだ。わかっている。獅子原《ししはら》は優しい。聖母のように優しい。それを十分に認識しながらも、僕は心を鬼にして現実を突き付ける。

「AO入試《エーオーにゅうし》って言うほど楽じゃないぞ」

「完全に馬鹿を見る目をしているね⁉」

ハズレ。こいつの言うこと一気に説得力なくなったなーと思っているだけ。

「えー、というわけで。今後は賭け事禁止、プラモ禁止でお願いします。ついでにゲーム全般禁止、鍋パーティ禁止、ウザいライン禁止、スタンプ攻撃禁止——」

「ハァ〜⁉　そんな禁則事項だらけになったら私はここで何をすればいいの！」

「大人しくしていればいいと思います」

「え、え、え……じゃーあたしは？」

「授業の予習復習だろうな」

そんなー、という女子二人の怨嗟《えんさ》が木霊《こだま》する最中、満たされている男が一人。

正しき行いをしたあとの心地《ここち》好《よ》い万感に浸っていた僕は、このとき。

「……やはり私の見立ては正しかったか」

会長がこぼした思わせぶりな台詞《せりふ》に気を取られることはなく、彼女から向けられた視線の意味さえも推し量ろうとはしていなかった。

小さくて大きいヴァンパイアの来訪は、文芸部（無法地帯）を文芸部（禊中《みそぎ》）に変えてしまうくらい衝撃的だったが、そんなものはあくまで狭い世界での出来事。

二時限目の英語が終了して、教室内に広がるのは昨日となんら変わらない日常。文化祭の展望を語り合ったり、返却された中間テストの結果に一喜一憂してみたり。その両方に無関心な僕が退屈を持て余している部分まで瓜二つ《うりふた》だったが。

「そっかそっか。色々あったんだねー、うん」

特異点になり得る女子が一人。昨日はどうだったの、会長お邪魔したんでしょ、と聞きたがった舞浜《まいはま》。顛末《てんまつ》を話してやったら申し訳なさそうな顔となり。

「私も陸上部休んで行けば良かったかなぁ」

「来ても結果は一緒だったと思う」

「そうかなぁ……そうかも……いやー、ごめんなさいね。詳しい内容は教えるんじゃないぞって会長から釘《くぎ》刺されたから」

バラしたら視察にならないので当然の処置だが。

「どこかの先輩は『狙い撃ちされたみたいで気に食わないわ！』ってボヤいてたな」

「前々から標的にしてたのは確かだろうね」

「文芸部を？　朔《さく》先輩を？」

「主に個人の方。それを聞くってことは古森《こもり》くん、二人の因縁については知らないんだ」

誰と誰を指すのかは明白だけど、因縁なんて表現されるとなんとも。

「性格的に合わないにしろ、仲が悪くなるほど面識ないんじゃ？」

その割に（会長の方から一方的に）敵対視しているのは気になっていた。

「本人っていうよりは、外野がゴチャゴチャ騒いでるせい……ほら、両者ともに超有名人なわけじゃない？　良くも悪くも大衆人気を二分していると申しますか、引き合いに出される機会も多いみたい」

「比べるまでもなく会長が上だろ。現に選挙はぶっちぎり……」

「でもそれってさ、裏を返せば有力な対抗馬がいなかったってことにならない？」

「他が弱いせいで選択肢がなかった、と？」

「もっと直接的に言えば、斎院《さいいん》先輩が出ていれば選挙の結果は違っていたのでは……斎院《さいいん》政権の爆誕もあり得たんじゃないかって、もっぱら語り草なの」

実現すれば暗黒時代の幕開けだろうが。

「まるっきり、たらればの妄想だろ。信長《のぶなが》が総理大臣になったら的な」

「うーん、一概にそうとも言いきれない理由があってだね……実は当時、正規の投票とは別にＳＮＳ経由で匿名のアンケート、その名も『裏選挙』が開催されまして」

「裏か。裏ね……」

　響きからして不快。裏金、裏アカ、裏サイト。裏は総じてろくでもない。

「もちろん非公式だけど、参加人数はびっくりするくらい多かった……ていっても、こういうの嫌いな古森《こもり》くんの耳には入らなかったんだろうね」

　逆にお前は詳しいな。かまととぶるのはナンセンス。光の優等生を演じながら裏アカの闇に長らく染まっていたのが舞浜《まいはま》なのだから。

「これが一部の界隈《かいわい》ではひじょ〜に盛り上がっちゃったんだよね。なんせ表舞台では拝めない『斎院朔夜《さいいんさくや》VS赤月《あかつき》カミラ』の一騎打ちが実現するんだから！」

「……お前が企画担当したわけじゃないんだよな？　念のため」

「これについてはノータッチ」

　良かった。他にはタッチしているみたいに聞こえたら負けだ。

　早い話がなんでもありの人気投票。熱狂する気持ちもわからなくはない。

「で、結果は？」

「なんと僅差で斎院《さいいん》先輩の勝利！　見事『裏生徒会長』の称号を獲得したってわけ」

　民主制の敗北を見た。アイドル議員なんて可愛《かわい》く思えるレベルの暗君だぞ。

「あんな人間に我が校の未来を託せると、本気で思ってるのか？」

「微妙だね。だからこその『裏』なんでしょ。深く考えたら負けっていう……まー、私からすればやる前から結果はわかりきってたけどね」

一家言ありそうな舞浜《まいはま》は思案顔。

「オンラインの匿名で声が大きいのって逆張りマンばっかりだからさ。表の方で赤月《あかつき》勢力が優位だってわかれば裏ではそいつを負かして恥かかせてやろうっていう陰湿な思考回路に突き動かされるわけ。王道を外している俺カッケーっていうのかな？　んまーそれで勝ったところであなたは一ミリも偉くないんですけどねって悲しい事実に気付かないうちは辛《かろ》うじて死を免《まぬが》れているにすぎない――」

「大体わかった」

裏の舞浜《まいはま》が漏れているので栓を閉める。最近は割とガバガバな気もする。

「暇つぶしの遊びにすぎないってわけだな？」

「そうそう、半分以上お遊び。アングラで楽しむ分には笑えたんだけど……いつの時代にも現れるんだよねー、暗黙のルールすら守れない無法者が」

口で説明するより早いかな、と。

舞浜《まいはま》が机に広げたのはA3くらいの大きな紙。縦書きの細かい文字や、ところどころモノクロの写真が印刷されたそれには、『むさしの新聞』なるタイトルが冠されていた。

「古森《こもり》くんに見せようと思って、資料室から持ってきたんだ。去年の秋口……ちょうど生徒会選挙のあとに頒布される予定だった、いわくつきの校内新聞」

「いわくつき……そもそもうちに新聞部なんてあるんだな」

「あった、というのが正しいかな」

「なんだって？」

「とにかく読んでみて」

言われた通り紙面に目を落とす。

真っ先に飛び込んでくるのは『斎院朔夜《さいいんさくや》、裏選挙を制する』というメインの見出し。公共性の求められる媒体で臆面もなく『裏』と書いている時点で正気を疑う。

悪い予感は的中。小見出しも『裏選挙こそが民意の代弁』『赤月《あかつき》カミラは偽りの王』『ロリコンの一票は清き一票なのか？』などなど、偏った思想が透けて見えてしまい。本文中も『永遠の敗北者』『ゴミ山の大将』『空虚な人生』――センセーショナルといえば聞こえはいいが、誹《ひ》謗《ぼう》中傷に等しい単語で赤月《あかつき》会長をこき下ろしている。

「海軍大将が書いたのかこれ？」

「新聞部だって。海賊を目の敵にしてるわけじゃない」

「してないのによくここまで書けるな」

「単純な話だよ。こうやって煽《あお》った方が、赤月《あかつき》会長のアンチは『そうだそうだ！』って便乗してきて、逆にファンは『ふざけんな！』ってガチギレ……話題になるでしょ？」

炎上商法の教科書。それでいいのかと首を傾《かし》げる僕を見て、

「スポーツ新聞みたいな。情報じゃなくて娯楽を提供するっていう」

言い得て妙。納得したらいけないけど納得してしまった。

「そう考えるとクオリティ高いな。存在意義のわからないエロコラムが載ってる部分までそっくり……どうやって調べたんだよ、氷上《ひかみ》先生のカップサイズなんて」

「すご〜い！　短時間で随分読み込んだね〜？」

お前が読めって言ったんだろ。

「……にしても、よくこんな記事でゴーサインが出ると思ったな。頒布する前に教員のチェックとか入るんじゃないのか？」

「おっしゃる通り。悪ノリしてＴＰＯを弁《わきま》えなかった結果、当該記事の公開は差し止め。新聞部には先生から厳重注意の上、一か月の活動休止が言い渡されましたとさ」

「無難な処分だな」

廃部だったらさすがに同情するけど。僕の思考を読み取ったのか「えっと、この話にはまだ続きがあって……」舞浜《まいはま》は重そうに口を開く。

「結局、新聞部の活動が再開されることはなかったの」

「え？」

「赤月《あかつき》会長が就任してすぐに解体したから」

「…………………………ほう」

「本当にあった怖い話みたいな顔しないで。部員の素行不良だったり、部費の私的な使い込みだったり、廃部になっても仕方ない問題が色々あったんだよ」

「そうか。ちなみにこの記事、会長の目には入ったのか？」

「………」

「そこで黙るのが一番のホラーだぞ」

真実は藪《やぶ》の中という結論にしておこう。

「ま、あの人に限って私怨《しえん》で権力を振るったりはしないか」

「同感だけど……古森《こもり》くんって会長と面識あったの？」

「なかった。昨日会った感じだと真面目な人なんだろうなーって。変にかっこつけてる喋《しゃべ》り方を除けば好印象だった」

「かっこつけてる、ですか……」

一言余計でしょと窘《たしな》められるのかと思いきや。

「君はときたま真理を突くよね。実際、会長ってそこだけはちょっと………」

「ちょっと？」

「ううん、なんでもない。それより、会長と古森《こもり》くん、初対面だったんだ。私はてっきり何らかの恋愛フラグか立っているものとばかり」

僕が「何言ってんだこいつ」の目を向けたら、舞浜《まいはま》は「だってさ」と返してくる。

「先週くらいだったかな？　急に会長が『古森翼《こもりつばさ》とは同じクラスだったな？』って話しかけてきて、性格やら出身中学校やら家族構成やら、やけに詳しく聞きたがるものだからさ。君にもついに春がやってきたんだなって、嬉《うれ》しくなっちゃった」

全体的に不可解。とりわけ舞浜《まいはま》の思考回路が謎だったけど、いったん保留して。

——会長が僕の情報を知りたがった？

「……言われてみれば、あの人、妙に僕を買いかぶってる節があったな」

「やっぱりフラグだよ！　古森《こもり》くん、陰で女子に好かれる善行いっぱい積んでそうだもん」

「積んでない。むしろ犬とか蹴っ飛ばしてる」

「露悪的なのも魅力だね。会長は好印象って話だけど、斎院《さいいん》先輩と比べたらどっちが好き？」

「好きと好印象だと意味が違ってくるし、なぜお前はいつも比べたがる？」

「探求心かな」

免罪符のように答えた女は、「はい、じゃあ問題です」ぱちんと両手を合わせる。

「ここが海の断崖絶壁だったとして、斎院《さいいん》先輩と赤月《あかつき》会長が下へ落ちそうになっています。片方しか助けられないとして、あなたはどちらを助けますか？」

「無益すぎるトロッコ問題」

期待を寄せる舞浜《まいはま》の瞳が眩《まぶ》しい。方便でも答えなければ白けそうなので。

「…………会長にしておこう。後々、国家の重要なポストに就く可能性あるし」

「おー、上手《うま》く逃げたね。じゃあ、私と獅子原《ししはら》さんだったら？」

「獅子原《ししはら》を助ける」

「判断が早い⁉」

「舞浜《まいはま》は人魚だろ。落ちても平気そう」

「泳げても高度によっては即死！」

　現実的な抗議を受けてしまったけど、そんな二者択一を迫られる日はやってこないからむきになる必要なんてない。思考実験に究極の答えを僕が導き出したとき。

「ねえ！　ねえー！　ねえ――――‼」

　血相変えて乱入してきたのは獅子原《ししはら》。

「こーもりくーん、あれはいったいどういうことなの⁉　事件だよこれは！」

「あれだのこれだの言うな。馬鹿に見えるぞ」

「いいから来てぇ……というか来い、命令だぁ！」

　痴漢を確保したみたいに僕の手首がホールドされる。まだ舞浜《まいはま》と話している最中だったのに。すまんという視線を送ったら、彼女は笑顔で手を振ってくる。

「別にいいよー。私は泳げるから」

　意外と根に持つタイプらしかった。

半ば拉致される形で廊下に連れ出される僕。

事件と騒ぐからには御触書の一枚でも拝めるのかと思いきや、廊下の中ほど、掲示スペースに張り出されているのは中間試験の成績上位者を知らせる紙。

わざわざ足を止めて眺める者も少ないそれを、獅子原《ししはら》は大仰に指差して。

「これ見て何か思わない？」

鬼の首取ったと言わんばかりにまなじりを裂く。しかし、何かと言われても。

「総合一位は舞浜《まいはま》か」

「それは予想通りだからいいの！　あたしのウェアキャットアイが衰えていなきゃ……六位に『古森《こもり》 翼《つばさ》』って名前が見えるんだけど、これはどちらの古森翼《こもりつばさ》さんでしょーか？」

「お前の知ってる男じゃないか」

「だよねぇ。当の本人はなんでノーリアクション？」

「え…………いつも大体これくらいの順位だから？」

「あり得なくない!?」

声を震わすほどの驚愕《きょうがく》が伝わってきた。

「僕からすれば赤点二つのお前があり得ない」

「はっはっは、残念。今回は健闘したので一教科だけでした……じゃなくってさぁ！」

獅子原《ししはら》は、ぐすんと鼻水をすする。情緒が不安定だった。

「おかしいよ、こんなの……こーもりくん、あたしや斎院《さいいん》先輩と一緒に放課後は部室で漫画読んだり小説読んだりつまんないサメ映画観《み》たり。ずっと遊んでたじゃん」

「いや、僕は参考書か問題集を開いてた」

「けへぇっ⁉」

マラソン一緒に走ろうって言ったのに置いてかれたときの反応。獅子原《ししはら》は知らなかったのだ。

自分が絶対時間《エンペラータイム》の制約を学んでいる傍《かたわ》ら、僕が微積や分詞構文に励んでいた事実を。

「や、やばっ！　嫌な予感……こーもりくんがこれってことは、まさか……」

「大丈夫か。青い顔になってるぞ」

「確かめなきゃっ。一人じゃ怖いからついてきて！」

と、勝手に駆けだす女。精神状態が心配なので僕はあとを追う。

何を考えたのか獅子原《ししはら》は階段を上って三年生のフロアへ。掲示スペースには中間試験の順位表が張り出されていた。ほとんどは知らない名前だったが。

「総合一位、赤月《あかつき》カミラ。さすがは生徒会長だ」

「うん、それは予想通りなんだけど…………………あ――――ッ‼」

「叫ぶな。上級生の方々が困惑する」

「五位に『斎院朔夜《さいいんさくや》』ってあるんだけど！　これはどちらの斎院朔夜《さいいんさくや》さん？」

「みなさんご存じの女じゃないか」

「なんでノーリアクション？」

「いつもこれくらいの順位だから」

「お、お、お、おしまいだぁ」

　腰砕けに尻もちをついた獅子原《しし はら》。上級生の方々が心配そうに見てくるからやめろ。

「合間時間を利用する秀才タイプの同級生に、サボっててもなぜか成績はいい天才タイプの先輩……あたしだけが凡人以下の落ちこぼれだったんだぁ」

「サボってるのは確定なのか」

「真面目に机に向かってる斎院《さいいん》先輩、想像できなくない？」

「半分悪口だな」

　と言いつつ僕も正直想像できなかったりする。

　まあ、実を言えば僕と朔《さく》先輩は同じ中学校出身——受かるのにも受かってからも苦労しており、当時の貯金というか少なくとも基礎はガチガチに固まっている。

　その事実が獅子原《しし はら》にとって慰めになるのかは微妙。たぶんならない気がした。過去の積み重ねとかスタートラインとか、諸々《もろもろ》含めた上での『比較』だから。

「はぁー、なんか久しぶりに思い知ったな、自分のちっぽけさ。赤月《あかつき》会長にしろ斎院《さいいん》先輩にしろ、完璧な主人公タイプだもんね」

「モブじゃないのは確かだけど……主人公か、朔《さく》先輩？」

「でしょー。漫画だったら確実に一巻の表紙を飾るタイプ」

一巻の表紙はない。なぜかわからないが断言できる。ついでに思うのは、

「表紙になるようなキャラばっかりじゃ面白くないだろ、どんな作品も」

「面白いよ!! エ○スペンダブルズもオ○シャンズ11もア○ンジャーズも全部名作……」

「そうやって朔《さく》先輩に薦められた映画をいちいち観《み》てるから赤点取るんだぞ？」

少しいいことを言ったつもりだったのに微塵《みじん》も伝わらない。それでこそ獅子原《ししはら》だと納得して精神の安寧を図った。


悪い期待については裏切らないのが斎院朔夜《さいいんさくや》の特徴であり。

「ハァ～……イライラして仕方ないわ～……あーのミニマムヴァンパイアの鼻っ柱、どうすればポッキリ折れるかしら～？」

誰に向けたわけでもない独り言が、表舞台に立つべきではないダーティさを助長する。

――主人公の姿か、これが？

やっぱりこの人に表紙は任せられない。

僕が確信をもったのは放課後、いつものように訪れた文芸部の部室にて。

朔《さく》先輩は、パイプ椅子に座ってふんぞり返って、おでこにかかった髪の毛を引っ張ってはグリグリねじったり、枝毛を発見してちぎったり。要するに何もしていないわけだが、普段の彼女を知る人間からすればこれがいかに尋常ならざるかは論を俟《ま》たない。

差し詰め牙を抜かれた虎、翼の折れた天使《エンジェル》、遊び道具を奪われたサキュバス。

昨日の捜索差し押さえによって大部分の『暇つぶしグッズ』が没収。

パソコンと無線ルーターも持っていかれたので（元々、パソコン部の所有物だ）、Wi－Fiすら繋《つな》がらない。月末が近い学生にとっては自前のギガを消費するのは厳しく。

「ロリ、わからせ…………幼女にぎゃふんと言わせる必需品といえば…………はっ！」

結果、犯罪すれすれの妄想に浸るしかない。矯正されすぎたせいで揺り戻しが半端《はんぱ》ないっていうか、逆に落ちるところまで落ちてないか。

「閃《ひらめ》いた。真音《まおん》さん、結束バンドってなかったかしら？」

「あー、どこかにあった気もする……探してみますね」

僕は消えかけている文芸部要素に火を灯《とも》そうと、本棚からを適当な短編集を引っ張り出して開いているのだが、いまいち小説の世界には没入しきれていない。

だって朔《さく》先輩、禁断症状が起きたみたいに虚《うつ》ろな瞳だし。

「ねー、こーもりくん。結束バンドどこにしまったっけ？」

「律儀《りちぎ》に探すなそんなもん」

「えーでも、使うんだって」

「何に使う気なのか教えてもらっても？　まさか後ろ手に親指を縛るんじゃ」

「ふーんだ。情報をリークしそうな翼《つばさ》くんには何も教えませーん」

「リーク、ですか……」

内部告発が遺恨となり、僕とは目も合わせようとしない朔《さく》先輩。「よく顔を出せたわね」という非難が伝わってくる。言われるまでもなく顔を出す気なんてなかったが、獅子原《ししはら》から「一生のお願いだから力を貸して」と泣きつかれてしまったのだ。

曰《いわ》く、『賢い二人に教われば追試なんてへっちゃら！』だとか。

「あの～、すみませ～ん……斎院《さいいん》先輩？　すこ～しお時間よろしいですか？」

さっそく作戦決行。獅子原《ししはら》は猫なで声で朔《さく》先輩に擦り寄る。

「ん、どうかしたの？」

「わたくし、恥ずかしながら数学で赤点を取ってしまい。再試験の予定なんです」

「あらあら、大変ねー。進級にも関わってくることだし、最低限は頑張っておかないと」

「はい、おっしゃる通りなんですよ～。だから大変にソーメーでいらっしゃる斎院《さいいん》先輩に、お力添えをいただけないものかと存じ上げましてぇ～……」

「まっ！　もちろん構わないわよ」

どんと胸を叩《たた》いて姐御肌《あねごはだ》を見せつける朔《さく》先輩。ガワだけ見たら『頼れる先輩』に擬態しており、藁《わら》にもすがる思いの獅子原《ししはら》はコロッと騙《だま》されたのだろう。

「ありがとうございます！　よろしくお願いします！」

「試験範囲はどの辺？」

「はい、ここからここのページまで……」

数学Ⅱ・Bの教科書を開いて説明する獅子原《ししはら》。その過程が全て徒労に終わる未来が想像できた僕は、いたたまれない気分になって目を逸《そ》らす。

——考えてもみろ？

家で自学自習に励む朔《さく》先輩は想像できないが、誰かの家庭教師をやっている朔《さく》先輩なんてもっと想像できない。眼鏡をかけてスーツを着ればワンチャンありかもしれないと不純な妄想がチラついたが、普通に考えたら絶対あり得ない。

スポーツにおいて優れたプレイヤー＝優れたコーチとは限らないのと同じ——予想通り、僕が文庫本の一ページも読み進めないうちに個人レッスンは終了。

「……ありがとう、ございました」

「お役に立てて良かったわ」

頼られて嬉《うれ》しい、私ってかっこいい。やりきった感を顔中から醸《かも》し出《だ》している朔《さく》先輩。

対照的に獅子原《ししはら》は憔悴《しょうすい》しきった顔。席を立った彼女が脱走兵のように逃げ込んできたのは僕の隣。慰めを求めるような視線を向けられてしまったので。

「なんて言われたんだ？」

　仕方なく尋ねたところ、

「……気合で公式全部覚えろって。覚えたら問題ひゃっぺん解けって」

　恨めしそうな女。案の定、教え方が絶望的に下手だったけど。

「あながち間違った指導でもないと思うぞ」

「いやいや！　そーいうんじゃなくってさ……ほら、あるでしょ？　これだけ覚えておけば確実に負けないっていう、必勝法というか裏技的なサムシング！」

「あのなぁ……追試レベルなんて所詮やるかやらないかの差だろ？」

「出た。追試を受けたことないくせに追試をわかった気でいる人がよく言う台詞《せりふ》、第一位！」

　はーこれだから困る、とため息をつく獅子原《ししはら》。腹の立たないマウントだった。

「他の人間にも同じこと言われたのか？」

「うん、りっちゃんからね」

「……あの女か」

　本名は、冴島利津《さえじまりつ》だっけ。獅子原《ししはら》の昔なじみにしてギャル一派のリーダー格。男子には厳しいことで知られ、特に僕のことを毛嫌いしている女だけど。今の話だとたぶん獅子原《ししはら》よりは成績がいい、少なくとも赤点とは無縁なのだろうから。

「勉強もあいつに教えてもらえば？」

「だーめっ。あたしの理解力ゴミすぎて、ペットボトル投げてきたりするんだもん」

「ペットボトルは良くないな」

失礼ながら目に浮かんでしまった。別に冴島《さえじま》がキレやすいとかではなく。

「わかったでしょ？　こーもりくんに教わるしか方法は残されてないんだよ」

「悪い。パワハラで謹慎処分は避けたい」

「あんたも投げるんかい！」

「無駄話してる暇があったら指数関数のグラフ一つでも書いとけ」

「あーもう、わかったってぇ……じゃーせめて、モチベ向上には協力してね？」

「それこそ僕に何ができる？」

追試に受かったらブランド物のバッグ買ってくれとか。流行りのスイーツ食べ放題に連れていってくれとか。今どきの女子高生にとってのモチベーションがその程度しか思い浮かばない時点で、戦力外通告待ったなし。

「できるできる楽勝。むしろこーもりくんこそ適任」

物欲しそうな獅子《しし》原《はら》の目に、僕は財布の紐《ひも》を固く締める。

「金ならないぞ」

「プライスレスだからご安心を。ってことで聞くけど、勉強できる子って好き？」

唐突に開始された街頭アンケートのような何か。確かにお金はかからないが。

「なんだって？」

「だから、勉強できる子って好き？」

「一般論？　個人論？」

「こーもりくんにしかできないことって言ったでしょ！」

　それもそうだった。真意は不明だが、やけにこだわりが伝わってくる辺り獅子原《ししはら》のモチベーションに関わるのは事実なのだろう。相も変わらず彼女の思考体系には疑問符がつくけど、いくら考えても答えは出そうにないので。

　僕は答えが出る方の問題を解く。勉強ができる子、か。

「…………うーん、別に好きってわけでもないかなぁ。学校で習った内容が社会に出てから役に立つとは限らないし、難しい大学に合格することが人生の全てじゃない。仮にそのせいで年収が下がったり結婚できなかったりしても自業自得《じごうじとく》——」

「真剣に考えたように見せかけてどうでもいいっていう結論じゃんっ！　もういいから……とりあえず言ってみよ？　僕は勉強できる子が好きですって……ほら、せーのっ！」

「いや、強制したらアンケートの意味がない」

「いいから言えー!!」

　怒鳴られてしまった。なぜかはわからないけど僕が悪い気もするので。

「……できないよりは、できた方がいいかもな」

最大限に譲歩した発言だったが、それを最大限に拡大解釈したのだろう。

「だったら頑張らなきゃだね！」

いよっっしゃー、と。シャツの袖をまくった獅子原《ししはら》はシャーペンを握りしめると、教科書を開いて黙々とルーズリーフに数式を書き連ねていくのだった。

彼女が授業中以外にそうしている姿を、僕は過去に一度だって見た覚えがなかった。下手すれば授業中ですら数回も見ていない気がするため、いい意味で異常事態。

「やるぜあたしは！　偏差値40アップで有名私大に現役合格！　うおーっ！」

「黙ってやれ」

わからない。この女は何をモチベーションに生きているのか。いわゆるブラックボックスみたいな理論かも。獅子原《ししはら》の脳内システムが解析不能だとしても、やる気を出させることには成功しているのだからOK——と、僕が低い次元で満足を得る一方。

「見てるだけで暇つぶしになるから不思議よね、あなたたちって」

いつからか顎を撫《な》でて訳知り顔なのが朔《さく》先輩。十手先を読む棋界のホープみたいな眼光。人間観察——褒められた趣味じゃないけどギャンブルよりは百倍健全か。再び低い次元で及第点をつけていたら。

ピンポンパンポーン……と、校内放送を知らせる電子音。

『生徒の呼び出しです。二年A組の古森翼《こもりつばさ》くん……繰り返します、二年A組の古森翼《こもりつばさ》くん』

「え、僕？」

校内放送で名前を読み上げられる初めての経験に加え、

『至急、生徒会室まで一人でお越しください。生徒会長の赤月《あかつき》カミラさんがお待ちです』

続いた内容には首を傾《かし》げてしまう。一人で？

「……………ま、会えばわかることか」

訝《いぶか》りながらも腰を上げた僕を、「お待ちなさいっ」尖《とが》らせた声で制するのは朔《さく》先輩。

「ご指名されたからってほいほい従うなんて、翼《つばさ》くんそんなに従順だった？」

「従順ではなく、人として普通に……」

「わかってる？　生徒会室って言ったら巨悪の本拠地なのよ。卑《いや》しいヴァンパイアの小娘に何をされるかわかったもんじゃないわ」

「巨悪、卑《いや》しい。自己紹介ですか？」

最近は小悪党に近いか。

「あーら、私の直感を侮《あなど》らない方がいいわよ」

朔《さく》先輩が流し目を寄越す。危険が迫っているのはお前なんだぞと警告するように。

「だってあの女、翼《つばさ》くんのことを舐《な》め回すように見ていたもの」

「はい？」

「目つきがいやらしかったって言ってるの、性的な意味で。よっぽど文芸部を潰したいんでしようね。色仕掛《いろじか》けを駆使してブレーンを籠絡《ろうらく》するつもりなんだわ」

「言うに事欠いて暴論を……」

僕の嘆息をかき消すように、

「いやいや、それはないですよ～！」

獅子原《ししはら》は半笑い。スラングを駆使すれば「そwれwはwなwいwでwすwよ」って感じ。

「こーもりくんはちびっこが苦手だから、会長のメロメロ攻撃は通用しません！」

言うに事欠いた暴論パート2。悪意のない刃は、しかし、ノーガードだった僕の心には効果抜群で、そこへ追撃をしかけてくるのが悪意しかない女。

「確かに……小さなものを愛《め》でる、か弱きものを守るという、人として当然の『情《じょう》』を持ち合わせていない翼《つばさ》くんには、幼女のハニトラなんて馬の耳に念仏。良かったわー、ロリコンだったら一撃必殺だもの」

単なるタイプ相性の話。応戦するのは悪手だと理解する僕は、

「これでも先日、小学生の知らない女の子と交流する機会があって……そのときは一応、上手《うま》くやれたんですよ？」

冷静に反証を提示するわけだが、彼女たちが持論を曲げるには至らず。

「まあ！　それはまた随分と大人びた小学生がいたものね？」

「うんうん、こーもりくんから逃げなかった時点で十四歳以上はかくてーい」

「あっそ。生徒会室、行ってきまーす」

もはや引き止める者はいなかった。

涙が流れないように上を向いていた辺り僕も存外負けん気が強いらしい。


コン、コン、コン。ビジネスマナーに則《のっと》り生徒会室の扉を三回ノックする。

「入りたまえ」

毅然《きぜん》とした声音からは扉越しでも老成が伝わってくる。ビジュアル化するならバリキャリの女上司に決まりだが、実際に扉を開けるとそこにはバリロリ（？）の金髪少女が待ち構えている。これでも歴《れっき》とした高三なのだから倒錯的。

「失礼、します」

舌が若干もつれながら僕は中に入って、後ろ手に扉を閉めた。

「急に悪かったな」

「いえ……どのみち、あそこにいても心休まりそうになかったので」

「随分お疲れのようだな？」

「大丈夫です。いつものことなんで」

僕は会長の気遣いに感謝しながら微笑《ほほえ》むわけだが。静けさに異変を感じる。

「あの…………………」

右見て。左見て。正面に向き直る。

困惑を読み取った会長は「ああ、すまない。呼び出した理由だね」と再び気遣いを見せてくれるのだが。すみません、不審に思った点は別にあります。

お初にお目にかかった生徒会室。一般的な部室より広めで、コの字形に配置された長テーブルや壁際《かべぎわ》のラック、ホワイトボードなどを並べてもまだ余裕がある。ガサ入れに来た人数からすると執行部自体かなり大所帯なので、これくらいのスペースは必要なのだろうけど。

「副会長の柊《ひいらぎ》さんだったり、舞浜《まいはま》だったり……他の方々はどこへ？」

その空間に現在、僕と赤月《あかつき》会長の二人だけっていうのはなんとも不可解。

貸し切りと言えば聞こえは良いが、客観的には不純な交友を疑われかねない——くそっ、朔《さく》先輩が余計なこと言うから僕まで脳がピンク色だ。いや脳味噌《のうみそ》は元々ピンクだろ。

「今は全員出払っているんだ。出払ってもらった、というのが正確かな」

「はぁ……それはまたどうして？」

僕と二人きりになりたかったからとか言わないですよね。

「君と二人きりで話をしたかったから」

ああ、言われてしまった。形容しがたい狼狽《ろうばい》に足元が揺らぐ。嘘《うそ》だろまさかだろと思っていることばかり現実になってしまい、世界滅亡の予言者にでもなった気分。これ以上の不吉な占いは避けたいけど、さっきから心なしか赤月《あかつき》会長の声色が艶っぽく感じられるのだ。

「古森《こもり》、翼《つばさ》……」

不意にフルネームを読み上げられ「はい？」と返事をするのだが、別に呼びかけたわけではなかったらしい。

「十一月二十三日生まれ。血液型はO型。家族構成は父、母、妹、猫一匹。趣味はミューデントに関する論文を読むこと。北白糸学園の中等部出身で、試験の順位は常に一桁をキープ。斎《さい》院朔夜《いんさくや》とは同郷のよしみで行動を共にする機会が多く、彼女ほどではないにせよ生徒の間で顔を知られており、ついたあだ名は『コウモリ』だと。蝙蝠《こうもり》……いいね、うん」

「……」

スラスラ、スラスラ。推しのアイドルのプロフィールを諳《そら》んじるような。それをインプットしていることが義務教育だと言わんばかり。舞浜《まいはま》に探りを入れていたという話だが、よもやここまで詳細に暗記までしているなんて。

「僕のガチ勢なんですか、あなた？」

「当たらずとも遠からず、かな。無礼を承知で調べさせてもらった」

「どういったきっかけで？」

「有り体に言えば、運命を感じたからさ。ちょうどここ二週間ほどの間にね」

割と最近だった。俄然《がぜん》陳腐に聞こえてくるが、彼女の方はそう思っていない雰囲気。

それこそ生まれる前からの宿命《さだめ》、魂に刻まれた聖痕《スティグマ》だとでも言うように。悶絶《もんぜつ》級のルビを振っているけど、冗談抜きにそんな世迷言《よまいごと》を持ち出しそう。

「君には相応の収まるべき場所があるはずだと……そう、神の天啓があったんだ」

「あのですね。こう言っちゃ悪いんですが、さっきから少々イタ…………えっ？」

芝居がかった台詞《せりふ》に気を取られた、その間隙《かんげき》を縫うようにして会長が動いた。滑るように大きな一歩。彼女の小さな体はあっという間に僕の懐《ふところ》に入り込んだ上、事もあろうにネクタイをぐいっと引っ張られる。所有権でも主張するように、あるいは飼い犬に首輪を巻いてしつけるように。

「うん、この位置がちょうどいいな」

「…………」

——何がちょうどいいんです？

地球が静止していた。僕は己の意思に反して前屈《まえかが》み（変な意味ではなく）になったまま、小指一本動かせない。眼前には赤月《あかつき》会長のご尊顔。幼さを残したままの相貌に宿る、幼さとは無縁の凛然《りんぜん》たる瞳に見つめられ、僕は確信に至った。

気のせいなんかじゃなかった。この目も、鼻も、唇も。全てのパーツが間違いなく、何かに焦がれているときに見せるそれ。何かしらの要求を呑《の》ませたいとき、相手にうんと頷《うなず》かせたいときに見せる感情の発露だった。

「より直接的に言うなら……君には君に相応《ふさわ》しい、付き合うべき相手がいると私は考えた」

殺し文句を告げたあとの、不敵な微笑《ほほえ》みを浮かべる会長。つまりそれこそ彼女の要求なわけだが、直接的と表現した割には含みがあって。僕は、半歩動いただけで事故が起こりそうな現在の体勢を加味して、その言葉が意味するところを探る。

収まるべき場所というのは、あれか。会長の隣、「カミラのここ空いてますよ?」っていう。ならば付き合うとは必然的にあれ。真摯に答えるべきなのは、わかっていても。

「いいんですか、本当に僕なんかで?」

「むしろ君がいい。君しかいない」

「お気持ちはありがたいんですが……………ぇぇ?　駄目でしょう」

「なぜ駄目なんだい。何を気にしているのかな?」

なぜ、駄目なのだろう。何を、気にしているのだろう。僕は自問する。

医学的に小児性愛の対象年齢は十三歳以下のため、こう見えて十七歳オーバーの赤月《あかつき》会長は余裕でセーフ――って猪口才《ちょこざい》な雑学で逃避を試みる辺り追い詰められている。どうしても真剣に考えるのを恐れていた。

「ひとえに僕の気持ちの問題…………」

「もちろんそれが一番大事だ。何かあるなら忌憚《きたん》なく言ってくれ」

会長の瞳は真剣そのもの。まだ出会ったばかりで互いを知らなかったとしても、今は気持ちがなかったとしても、これからの時間で育んでいけば良いのだと。合理的に思える主張は、しかし的を射ない。ないのが問題ではなく、すでにあるのが問題だったから。

真面目に思惟《しい》すればするほど、僕の心には引っ掛かる何かが存在しており。

「……すみません、僕にはやっぱり――」

浮かびかけた具体的なイメージを掻《か》き消《け》すため、僕は声を振り絞るのだが。

「ま、あまり深刻に考えず！」

振り絞る、のだが。

「お試しで一度入ってみるのもありなんじゃないか？」

途端に会長は僕のネクタイから手を離して、二歩、三歩と退いた。適切な距離感が復活。

「誘いを受けるのなら大いにメリットはあるぞ。たとえば君は将来的に、指定校推薦を狙っていたりはするかな？」

「え………いや、そりゃもらえたらラッキーですけど、あれって課外活動とかも評価点に含まれるので、熱心じゃない僕には無縁かなーと」

「一理ある。そこでお勧めしたいのが生徒会。校内の活動はもちろん、学外でのボランティアや奉仕活動も多い。これがかなりの加点対象――」

以下、今からでも遅くないという会長の熱烈アピール。

僕の頭が冷えるのに十分な時間を与えてくれた。

「というわけで、私が君を生徒会の執行部に迎え入れたい理由を述べさせてもらった」

「なるほど」

冷静さを取り戻した僕は真っ先に尋ねる。

「ネクタイ」

「ん？」

「ネクタイなんで引っ張ったんです、さっき？」

「ああ、曲がっていたから整えさせてもらった」

笑いながら「気になってしまう質《たち》でね」と釈明する会長に悪気はなさそう。

小悪魔でもあざとさでもなく素の善意なんだろうけど、紛らわしいったらない。もしも獅子原《ししはら》に同じことされたらデコを小突くくらいの反撃はするが、小学生サイズが相手だし絵面的にDV感が半端《はんぱ》ないのでやめておく。

しかし、今のは危なかった。致命的な勘違い、一歩間違えば大事故に繋《つな》がりかねない。

「おっ、寒気が」

「衣替えも近い季節だぞ。私は汗ばむくらいだが……」

煩わしそうに手で顔を扇ぐ会長。どう見てもブレザーの上に羽織っている謎の外套《ケープ》が原因。

暑いんなら脱げばいいのに。お節介な助言はせず。

「気のせいでした。えーっと………執行部、こんな時期に増員ですか？　人手不足には見えませんでしたけど」

「ああ、みんなよく働いてくれているが、主力はほとんど三年生ばかりでね。そろそろ後継者の養成にも力を注がねばなるまい」

マインドが企業の経営者だった。

「僕に次期生徒会長になれとでも？」

「不服かい？　資質は十分だろう。学業優秀、大勢に流されない確固とした自意識に、悪は悪だと断じる倫理観、泣かずに馬謖《ばしょく》を斬る公平性も兼ね備えている」

「確かに泣いてはなかったんですが」

ただの薄情者と罵られた気もする。

「何より名前がいい」

「はい？」

「古森《こもり》翼《つばさ》……うん、すごくすごい、最高といっても過言ではない、極上のマリアージュ……」

今、俯《うつむ》き加減の会長から「デュフフッ」というゲス笑いが漏れたような……幻聴に決まっているし、ごにょごにょ言ってる内容はほぼ聞き取れないのでスルーして。

「会長候補ならすでに、舞浜《まいはま》が存在するでしょ」

成績は学年一位、陸上部と水泳部を掛け持ちで、クラスの垣根を越えて頼りにされる、まさしく非の打ち所がない人物。裏の顔には全力で目をつむるとして。

「舞浜碧依《まいはまあおい》か。もちろん優秀だな。しかし、一強多弱は腐敗を招く。ただ圧倒するだけでは意味がない。有力な選択肢を与えてこそ、健全な選挙は成り立つ……身をもって苦汁を嘗《な》めた私が言うのだから、間違いない」

「苦汁、ですか」

何を指しているのかは明白。朔《さく》先輩が裏で勝っちゃってすみません。

「そこで君に白羽の矢が立ったというわけだ。なにせその舞浜碧依《まいはまあおい》が、君のことを高く評価しているのだから」

「好き勝手言ってそうだな、あいつ」

「私は生徒会長として、赤月《あかつき》家の娘として、ヴァンパイアとして、完璧に責務を全うしたい。俗に言うノブレスオブリージュさ」

フランスの格言。社会的地位の高い人間には相応の義務が伴う、だったか。

なるほど、彼女は高貴な家柄に見えるし、人の上に立つべき器もある。僕としても導いてほしいくらいだが——一か所、明確に気に入らないのは。

「ヴァンパイア、関係あります？」

「大いにあるとも。それがこの身に流れる血の盟約、ひいては古《いにしえ》より続く——」

また変なモードに突入しているけど、要するに色々背負っているものがあるのだろう。

「……………まあ、僕に何かできるんならお手伝いしますよ」

「おお！　本当かい？」

「ぶっちゃけ断る理由ありません。基本的に暇してますし」

「文芸部なんたらとの掛け持ちになるだろう。あちらに顔を出す機会は減るぞ」

「え？　ああ、そうか。減るのか、部室に行くの………」

僕はコンマ数秒の思案を挟んでから。

「全然オッケーです」

今年一番の笑顔を振りまくわけだが。

「全然オッケーじゃないわよ――――ッ!!」

ガラガラガラ～～！

引き戸が乱暴に開け放たれるのと同時に怒号が響いて、せっかくの晴れやかな気分に水を差される。聞き覚えのある声に振り返れば、僕のよく知る先輩の姿。その後ろには獅子原《ししはら》も。廊下で盗み聞きしていたのだろう。

「なーにあっさり籠絡《ろうらく》されちゃってるのよ、尻軽コウモリがー！」

テレビから抜け出した怨霊《おんりょう》みたいに、長い黒髪を振り乱して迫ってくる朔《さく》先輩。

「見捨てないでー、こーもりくーん！」

半泣きですがりついてくる獅子原《ししはら》。籠絡《ろうらく》された覚えも見捨てた覚えもない。

「いつから聞いてたんです？」

「そんなもん最初からよ！　万が一ホントに色仕掛《いろじか》けでも始まったりしたら面白そう。もとい翼《つばさ》くんがロリコンに道を踏み外さないよう矯正する責任が私にはあるからしてぇ」

「別に文芸部を辞めるわけでは……」

「同じことよ！　長いものに巻かれてどうするの？　生徒会然り、PTA然り、憎き公権力に抗《あらが》うため私たちは新生文芸部を立ち上げたんでしょ。違う？」

「違います」

自信を持った僕の答えに、「うぐっ！」と言い返せなくなった朔《さく》先輩は、「ほ、ほら、真音《まおん》さん！　あなたからも言ってあげて？」小賢《こざか》しくも後輩に援護射撃を求めた。

「駄目だよ、こーもりくん……お願い、考え直して？」

怒り心頭の朔《さく》先輩とは対照的に、ぐすんぐすん鼻を鳴らしている獅子原《ししはら》。

「こーもりくんがいなくなったら……いったい誰が斎院《さいいん》先輩の言葉を翻訳してくれるの？　発動のタイミングを逃すだのこの効果はチェーンブロックを作らないだの、カードにもルールブックにも記載されていない用語を急に持ち出されたって、あたしわかんないもん！」

「わからなくてもいいと思うぞ」

アプリ版なら自動処理してくれるし。着実に腐敗の一途をたどっている獅子原《ししはら》に、僕が手遅れを感じていたとき。

「袖にすがるのはよせ、見苦しい」

ずばり苦言を呈するのは会長。彼女の顔にはどこか勝ち誇った笑みが浮かんでおり。

「彼は貴様ではなく私、この赤月《あかつき》カミラを選んだ。事実として受け入れるんだな、斎院朔夜《さいいんさくや》」

「いえ、別に選んだとかではなく……」

「へえ〜、言ってくれるじゃない。人のものを取ったら泥棒だっていうトレーナーの流儀、高貴なヴァンパイア様はご存じないのかしら？」

「くだらん。彼がいつから貴様の所有物になった？」

正鵠《せいこく》を得る。会長の言葉はおっしゃる通り、なのだが。

何かが崩れ始めているのを感じた。何かはわからないが確かな異変。僕の第六感が告げる。

この少女——赤月《あかつき》カミラを信用してはいけない、と。

「なーによーかっこつけちゃってー。別にあんたのものでもないでしょーよー。名前でも書いてあるっていうのー？　わかったわよー。確認してやるから翼《つばさ》くんちょっと裸になり——」

「ふんっ。肉体を改めるまでもなぁい！」

バサッと外套《ケープ》を翻《ひるがえ》した会長は、朔《さく》先輩を低い位置から見下すように仰《の》け反《ぞ》りイナバウアー。

「彼が闇夜の眷属《けんぞく》たるヴァンパイアに付き従うべきなのは自明の理！」

——ヤミヨのケンゾク？

僕が困惑したのもつかの間、

「なぜなら古森翼《こもりつばさ》は『コウモリ』！　天空を駆ける漆黒の翼《つばさ》なのだからっ!!」

どうだ！　と言わんばかり。

会長の披露した子供っぽいドヤ顔を見て、僕は目が点になってしまった。

にわかに信じられない。あの理性的な会長に限ってそんなはず。

「はぁ～!?　コウモリだからヴァンパイアに従うって、あなたねぇ………」

チンピラじみた巻き舌の朔《さく》先輩は、てっきり僕と同じく、会長の奇天烈《きてれつ》発言を理解できずに混乱しているとばかり思っていたが。

「コウモリっつったらサキュバスの使い魔でしょーが！」

理解した上で反論に転じる。

「格ゲーのモリガン使ったことないのかしら～？　飛び道具でバンバンコウモリ出す……あっ、そっか、おこちゃますぎてダッシュ移動のレバー制御できないのね～、可哀そーう。ダークネスイリュージョンも瞬獄殺も出せないんでしょうね～お気の毒～」

「ふっ……寝言は寝て言え。対戦型格闘ゲームなんて所詮は歴史の浅い大衆文化。十七世紀の後半にはヴァンパイアとコウモリを結び付けた小説が大量に執筆、これらは実在するチスイコウモリから着想を得た……英名は『vampire bat』だからなー!!」

「英名がなによ、サキュバスは紀元前の神話にも出てくんの！」

「コウモリと結びつけられたのは最近だろうと言ってるんだ！」

美醜の価値観は紙一重。顔面を突き合わせたでっかい女とちっこい女が、早口で口角泡を飛ばしている映像は十分すぎる絵力を持っている。高いのか低いのかよくわからないレベルの言い争い。尊敬していたはずの会長がその一端を担っているなんて。

「吸血鬼はコウモリに化けるんだぞ？」

「淫魔の羽はコウモリとお揃《そろ》いなんですー」

突如勃発した使い魔論争（？）についていけないのは僕だけじゃなく。

「ね、ねえ………あの人たち、何と戦ってるの？」

子猫みたいに背中を丸めた獅子《しし》原《はら》が耳打ちしてくる。

「もしかしなくても、こーもりくんを奪い合ってる？」

「……」

たぶんそう。部分的にそう。それも美少女二人が。微塵《みじん》も嬉《うれ》しくなかった。

状況を整理するならつまり、赤月《あかつき》会長が僕を欲しがっていた理由、妙な執着を見せていたのもひとえに『コウモリ』というあだ名を気に入ったから。加えて、何かと比較されがちな朔《さく》先輩に一泡吹かせてやりたい思いもあったのだろう。

人間臭くって、逆に安心した。運命だの天啓だの言われて不気味だったし。もしかしたらドラマティックな何か、秘められた過去の出会いがひもとかれたりするのではないかと、期待していたわけじゃない。本当に期待してなかったからこの話は終わり。

思うに、真《しん》に肝要なのはそこから導き出されるもう一つの事実——

「あのさぁ……カイチョーって、こー言っちゃなんだけど…………アレだね」

獅子原《ししはら》も薄々感付いているのだろう。

「昔のあたしにちょい似てない？」

「言いたいことはわかる」

昔、と。あれは先月、文芸部へ相談しにきた獅子原《ししはら》が思い出される。個性を履き違えた彼女は口を開けばウェアキャットウェアキャット。思春期に翻弄され完全に迷走していたため適切な治療を施してやったわけだが。

「いいか、私はヴァンパイアの誇りを持ってだな——」

悪夢再び。口を開けばヴァンパイア女が降臨していた。

よもや生徒会長ともあろう人が思春期イップスの沼にハマるなんて。しかし、振り返れば片《へん》鱗《りん》はいくつもあった。

「けっ、何がヴァンパイアの誇りよ。かっこつけちゃって恥ずかしいったらないわ」

「かっこつけ、だと？」

何を根拠にと言いたげな会長の、羽織っている外套《ケープ》を指差した朔《さく》先輩。

「六月も近いのにそんなもん着てる時点でナルシスト確定でしょーが。伯爵かっての」

「んなにっ⁉」

「喋《しゃべ》り方も偉そうで気持ち悪いし……今気付いたんだけど、あなた歯並びが綺麗《きれい》すぎる上に色も不自然に真っ白。さては歯列矯正とホワイトニングしてるわね？」

「しちゃ悪いのか？」

「うっわー、ヴァンパイアだからって歯を見られること意識してるんだこいつ」

「意識しちゃ悪いのかー⁉」

容赦ない朔《さく》先輩だが、僕の思いをほぼ全て代弁した形になる。

うぅ、と喘《あえ》ぐ声に目を向ければ、獅子原《ししはら》が胃の辺りを擦りながら悶《もだ》えていた。いわゆる共感性羞恥。似たようなキャラ付けを実践していたのが彼女。一部は現在も進行中だけど、それがどんなに痛いことか客観視できたのだろう。

「おえぇ……」

ついにはＪＫが漏らしちゃいけない嗚咽《おえつ》。

「安心しろ。お前よりよっぽど重症な患者だ、あれは」

「そ、そう？　ってか病気なんだ……」

「ああ。若年性ミューーデント中二病、略してミュー二病」

「名前もあるんだ」

「今命名した」

治療法は未《いま》だに確立されていない。

そしてこの病が恐ろしいのは、えてして自覚症状に乏しいところ。

「あ、ありえない……斎院朔夜《さいいんさくや》、なんて無礼な物言いをする女なんだ、貴様は…………！」

動揺を隠しきれない彼女がおぼつかない足取りで向かったのは、部屋の隅に設置されていた小型の冷蔵庫。そこから取り出したのは銀色のパウチ。中身は血液だが、震えの止まらない手でそれを口に持っていく姿は、教育上よろしくない何かを想起させたので。

「会長、それ別に嫌なこと忘れられる成分は入ってませんからね？」

僕は注意する。なぜか会長は潤ませた瞳でこちらを見た。

「古森《こもり》翼《つばさ》……まさか君まで、この女の味方をするつもりなのかい？」

「朔《さく》先輩のご無礼は謝罪しますけど。あなたの方にもいかがなものかと思う部分が……」

「何を言いたい？」

「単刀直入に申し上げるなら、その…………」

痛いキャラ付けは控えた方がいい。中二病は卒業した方がいい。今まで優しさとは無縁の生き方を選んできた僕が、オブラートなんてモノを使いこなせるはずもなく。

結果として、

「吸血鬼アピールしない方が、会長はかっこいいと思います」

最大限に日和った台詞《せりふ》になってしまった。

三章

海より深い愛だなんて……誰が決めた？

INOU APPEAL
SHINAI HOU GA
KAWAII
KANOJO TACHI

文化祭の出し物を決める締め切りが迫っていた。

具体的には残り一週間。時は五月の下旬に突入。言わずもがなこんなギリギリになっても企画が真っ白なのは異例で、少なからず切迫する。

六月上旬の本番に間に合わなければ、そこからいくらケツに火を付けたところであとの祭り。というわけで僕は真面目にプランニング。吹奏楽部なら楽器を演奏して、ダンス部ならレッツダンシングして、漫画研究部なら日頃の研究成果をニッチな同人誌にしたためる。

部の名称からおのずと答えは導き出されるのだが。

「じゃあ、こういうのはどう？　みんなで持ち寄った模型を飾って品評会を開催……」

「却下です。ホビー同好会じゃないんですから。もっと『らしさ』を出さないと」

「そもそも文芸部（）らしさってなんなの？」

「命名者がそれを聞きますか」

カチャカチャカチャカチャ、ターン――気だるい会話の合間に機械的なタイプ音。

いつもの放課後、いつもの部室に集まっているのは僕と朔《さく》先輩……プラスもう一人。ひそやかに風景に溶け込んでいる姿は、某ファミレスの間違い探しの最後の三個目くらいに絶妙な難易度だった。

「んー、難しいわね。私のインスピレーションにビビッと来るものがないのよ」

「普段やってるのが相談所なわけですから、それに類する何か……あっ、占いの館なんかどうです？　新宿の母とか銀座の母とか、前にやりたいって言ってたし」

「ここに来て伏線回収ってわけ？」

熱い展開じゃない、と。そんなつもりはなかったのに朔《さく》先輩は乗り気。

「つまりこの部室をアラビア～ンな感じに装飾しちゃって、紫色の間接照明に怪しげなお香なんか薫《た》いちゃって、極めつきに私は顔の下半分が隠れているのに胸の谷間には謎の穴が空いている通気性マックスのエロい衣装に身を包めばいいわけね？」

「エロ以外は概《おおむ》ね合ってます」

「ヨシ、三十分につき五千円プラス消費税を頂きましょう」

「弁護士の法律相談じゃないんですから」

「取れるもんは取っておいた方がいいでしょ」

「集客が見込めると？」

「だーかーらー、表向きは『基本料金無料』とか大きく書いといて、相談が終わったら『あなたの場合は追加料金が必要です』という流れに」

「悪質な害虫駆除業者か！　はぁー……あの、ちなみに価格設定って自由なんですか？」

と、僕が水を向けるのは隅に座っていた眼鏡の女子。

柊《ひいらぎ》さん（下の名前は存じ上げない）だった。三年で生徒会の副会長なのは存じ上げる。

「基本的に自由です」

ノートパソコンに向かって黙々タイプしている彼女だったが、声をかけると律儀《りちぎ》に手を止める。

「著しく不当な価格にはメスが入りますが」

「なるほど……ま、そこらへん考えるのも文化祭の醍醐味《だいごみ》ですもんね」

「はい。生徒の自主性によって作り上げるのが文化祭ですので」

「ふーん、随分とお利口さんの回答ねぇ……つまんなーいっ」

厭味《いやみ》ったらしい朔《さく》先輩に不快感を示すこともなく、副会長はすぐにパソコンの画面に視線を戻した。

「まー、私的には利益率が高そうで嬉《うれ》しいわね、占いって。飲食系と違って仕入れがいらないから、一回百円でも丸儲《もう》けなわけでしょ？」

「ですね。喫茶店とかやるとメニューも細かく分かれてきますし……目下、クラスの出し物は苦労してます」

「へえ、翼《つばさ》くんのクラスは喫茶店やるの？」

「はい、和テイストのカフェにするんだとか……朔《さく》先輩のクラスは何をやるんです？　最終学年ってどこも凝ったものをやりたがるイメージですけど」

お祭しの通り、と少しげっそりしている朔《さく》先輩。

「自主製作映画もどき、ショートムービーってやつ？　私はほとんど関与してない」

「面白そうなのにもったいないない」

「いいえ、絶望的につまらないわ……つまらないくせにあろうことか、主演を私にやれやれってどいつもこいつもうるさくって敵《かな》わなかった」

「あー、大変でしたね」

「安く見られたものよね。この私が素人《しろうと》監督の指揮で演じるわけがないでしょ」

せっかくだからやれば良かったのに、とは口が裂けても言えなかった。

このルックスである。中学の文化祭、さらに遡れば小学校の学芸会でも、朔《さく》先輩は主役だったりヒロインだったり任されるパターンが多かったのだが。その演技はお世辞にも上手《うま》いとは言えない——否、大根役者といっても過言ではない。ある意味傑作だった。

「ま、賢明な判断でしょう」

「なぜ一瞬噴き出しそうになったの？」

彼女の熱演を皆さんにご覧いただけないのを残念に思っていたとき。

「やったー！」

ガラリ、歓喜の声と共に扉が開かれて、

「こーもりくん、斎院《さいいん》先輩……あたし、あたしっ、見事に成し遂げたよー！」

感無量といった具合に瞳を潤ませている獅子原《ししはら》。

そろそろ現れる頃合いだろうと予想していたので、特に驚きもなかったが。

「古森《こもり》ぃ～、せんぱぁ～い……俺、俺っ……見事に成し遂げたぜー！」

想定外だったのはもう一人。滝沢奏多《たきざわかなた》だった。こちらも涙目で感無量のご様子、台詞《せりふ》含めて獅子原《ししはら》と丸被《かぶ》りだったけど、同じ行為を高身長のチャラ男がすると急激に気持ち悪くなるから不思議——別に不思議じゃなかった。

「いつものメンバーみたいなノリだけど、どうして滝沢《たきざわ》まで？」

「ああ、うん……追試の席、隣だったの」

「へへへっ。よく一緒になるんだよな、俺たち」

歴戦の勇士みたいに言ってくる滝沢《たきざわ》に対して、「よくってわけじゃないでしょ……」と抵抗感を露《あら》わにするのが獅子原《ししはら》。同じ追試組でも個人差があるというか、これを見ただけでも滝沢《たきざわ》の方はネジが一本抜け落ちているのがわかる。

「それよりも！　見て見て！　追試、合格だったんだけど……」

獅子原《ししはら》は誇らしげに答案用紙を見せる。点数欄には『94』と朱書きされていた。

なかなかの高得点である。僕が思う以上に本人はご満悦らしい。

「ねね、ヤバくない⁉　数学のテストでこんなにいい点数取ったの初めてだよ～。やっぱりやればできる子だったんだよ、あたしってば～」

褒めて褒めてー、とでも言うように体をくねらせる女。

やればできる子なんて自分で言うな、そもそも赤点を取らないように頑張れ。

水を差す言葉なら無数に浮かんでくるけど、口に出すほど荒《すさ》んではおらず。むしろなんだか僕の方まで嬉《うれ》しくなってきたので。

「よく頑張ったな」

「うん、だからなんかご褒美《ほうび》ちょうだい？　新しいア○フォンとかでいいよ？」

「やればできる子なんて自分で言うな馬鹿。そもそも赤点を取らないように頑張れ馬鹿」

「ひっっっっど――――い‼　二回も馬鹿って言った――――‼」

言わせたのは誰だ。僕の喜びを返せ、と内心抗議していたら。

「へっへっへ……見てくれよ、古森《こもり》。俺も今回は完璧な点数だったんだぜ？」

褒めろ褒めろー、とまたもや男子高校生には許されないテンションで絡《から》んでくる滝沢《たきざわ》。

お前の方は百点取っても褒めないぞ。うざったく思いながらも彼の手にする答案用紙を見れば――書かれていた点数は『76』。絶妙にリアクションが難しい。

「今回の追試って、何点以上が合格なんだ？」

「滑り込みセーフじゃないか」

「75点だ」

「そそ、だから完璧。だってさ、合格ラインから十点も二十点も多く取ったら、超過した分は余計な努力ってことだろ。そんなのもったいない。俺は常にギリギリで生きていたい」

「真面目に不真面目だな」

こういう奴《やつ》の方が大成したりするので人生わからない。

「つーわけでお祝いしなきゃだな。みんなでパーッと美味《うま》いもんでも食いに行こうぜ」

「おっ、たきざぁのくせにいいこと言うねー。あだしも今、無性に大盛り頼みたい気分……体脂肪とか体重とか全部忘れて、背徳感マックスなメニューを胃袋にぶち込もう！」

「よく言った！　こりゃニンニク増し増しのこってりラーメンで決まりだなぁ」

「……計量終わったボクサーなのか、お前ら？」

「「似たようなもん！」」

二人の声が重なる。ギャルとチャラ男だけあり魂魄《こんぱく》の色が近い。

「ちょうど最近見つけたいい店があってさ……あっ、斎院《さいいん》先輩も行きますよねー？　というか来てくださいホント是非、いるだけで俺の中のいろんなものが元気になるんで」

下心全開の誘いに顔をしかめるのは僕だけ。

「そうねぇ……奢《おご》りなら考えなくもないわ。トッピングに替え玉ありありで」

がめつさでこの女に敵《かな》う者などなし。朔《さく》先輩はすでに荷物をまとめてスタンドアップ、タダ飯を食《く》らう気満々だった。女王様気取りの不躾《ぶしつけ》な態度に、

「もちろん出しますってー、ポケットマネーで全員分！」

二つ返事でへつらう滝沢《たきざわ》。需要と供給が一致したのだから仕方ない。「俺に真音《まおん》ちゃん、古《こ》森《もり》と斎院《さいいん》先輩。四人分くらい余裕っす」当然のように僕も頭数に入れる男は、

「……おろっ？」

そこで見慣れない人物——バカ騒ぎにも動じず事務仕事を継続している、柊《ひいらぎ》さんの存在に気が付いたようだ。

「透子《とうこ》さん、いるじゃん。なんで？」

聞かれた僕は、「トウコさん？」逆に疑問符を返してしまった。

「柊《ひいらぎ》先輩の下の名前、透子《とうこ》だぞ」

「知り合いだったのか？」

「いや、俺が一方的につきまとってる。十回以上アタックしてもライン教えてくれなくって」

「ストーカーだったのか？」

「合法。女子全般に同じことやってるけど逮捕はゼロ回、通報も三回くらいしか……で、どうして透子《とうこ》さんが文芸部に？」

「…………まあ、これには深い訳があって」

何から話せばいいのか。我知らずため息をつく僕だけど。

「こーもりくんがカイチョーを泣かせたせいでーす」

「翼《つばさ》くんがメスガキヴァンパイアをわからせたから」

女子二人に断言されて、言葉を探す気力も失《う》せる。

お願いだから掘り下げないでほしいのだが。

「おいおいおい、古森《こもり》……面白いことになってるみてえじゃんかっ！」

詳しく聞かせろよ、へっへっへっへっ……滝沢《たきざわ》はハイエナじみた舌なめずり。

「まさかあの高飛車吸血鬼を屈服させるなんて」

「人聞きの悪いこと言うな！　僕はただ――」

――高校生ってもう結構いい年齢です、子供じゃないんだから現実に目を向けましょう。

私がやらなきゃいけないとか、ヴァンパイアの使命を果たさなきゃとか。そうやって自分を『特別な存在』だと思い込むのはいい加減、卒業した方がいいです。

同じ台詞《せりふ》をもう一度口にしたら、滝沢《たきざわ》は「ほーう？」と唸《うな》る。

「早い話、中二病は卒業しなさいってわけだ」

「……間違ったこと言ってないよな？」

「間違いかは別にして、泣かせたのは可哀《かわい》そうだと思う」

「泣かせてはいないんだけど……」

相当お冠なのは確か。僕を無駄に買いかぶっていた分、反動というか、裏切られたようにも感じたのだろう。あのとき「君がそれを言うのかー⁉」と叫んだ赤月《あかつき》会長のご心痛は察するにあまりある。結果として僕は彼女の信用を失い生徒会への誘いも白紙に。

朔《さく》先輩共々、文芸部は『危険思想集団』として、生徒会の監視下に置かれる羽目に。

『私の任期中にこれ以上余計な問題を起こすんじゃないぞ、ゲスどもめー‼』だそうだ。

「はぁーん、そんで見張り役として派遣されたのが透子《とうこ》さんなのね。大変だなぁ」

「ご迷惑をおかけして申し訳ありません」

と、珍しく自発的に発言する柊《ひいらぎ》さん。延々とパソコンをいじっているだけなので、迷惑をかけられた覚えは一度もなかった。むしろ大変なのは向こう。

「透子《とうこ》さん、副会長っしょ？　こんな使い走り、下《した》っ端《ぱ》にやらせればいいじゃん」

「僕からしても謎の人選だなーと。会長に命じられて渋々ですか？」

「いえ、監視役は私から志願いたしました。個人的に見極めたかったもので」

「僕たちがいかにゲスの集まりなのか、を？」

「会長のお言葉でしたら、お気になさらず。あの人はあの人なりに背負っているものがあるのです……ご母堂のことも含めて、過剰なほどに」

「ご母堂って……会長の？」

どういう意味なのか。当然、続きを聞かせてもらえるものとばかり思っていたら、話はここでおしまいだと言うように柊《ひいらぎ》さんはパソコンの画面に視線を戻す。このモードに入ると完全にとっつきにくい上級生で、僕は話しかけるのを躊躇《ためら》うのだが。

「ま、事情は大体わかったとして……透子《とうこ》さんもラーメン行くっすよね。奢《おご》りまっせ〜」

にじり寄る滝沢《たきざわ》に「せっかくのお誘いですが」と首を振る柊《ひいらぎ》さん。

「ラーメンは好みませんので、申し訳ありません」

「だったら丼物でも食えばいいじゃーん！　ってか家ってどこら辺なの？　今度遊びに行ってもいい？　共働きで親の帰りが遅かったりしない？　良かったら今チラッとでいいからさ、一瞬でいいからさ、その眼鏡外して可愛《かわい》らしい素顔を俺にだけ見せて——」

「あなたのことも好みませんので、申し訳ありません」

「えー、残念。じゃあまた別の機会に」

似たようなダル絡《がら》みを何回もしているのだろう、断り方も断られ方も職人芸。

僕からすれば嫌われたがっているようにしか思えない滝沢《たきざわ》だが、この誘いに乗ってくる女性が一定数いる辺り本当に人生わからない。

率直に言って、僕もラーメンはあまり好まない。

というか脂っこいものや胃もたれするものは全般苦手なのだが、口に出したら百パーセント

「おっさんかよ！」と嘲笑してくる同級生＋先輩がいるためセルフ緘口令《かんこう》。

僕は自宅の胃腸薬が切れていないことを祈りながら、学校から徒歩圏内にあるらしい滝沢《たきざわ》のお薦めラーメン店を目指しているわけだが。

「透子《とうこ》さんってさ」

道中、話題は件《くだん》の副会長について。こいつは基本的に女子の話しかしない。裏を返せばそっち系の情報網は学内でも随一。

「赤月《あかつき》会長とはスーパー蜜月な間柄……あ、別に性的な意味ではなくって」

補足されると逆にいかがわしく思えるからやめろ。

「幼稚園からのなが〜い付き合いなんだとか」

「へぇ、こーもりくんと斎院《さいいん》先輩みたいな感じ？」

「そうそう、ザ・幼なじみってやつ。憧れるよな」

勝手に見解を一致させている獅子原《ししはら》と滝沢《たきざわ》だが、僕らを幼なじみのテンプレみたいに扱うのは甚だ疑問だった。気恥ずかしいとか主観的な部分は抜きにして――一時期、疎遠だったこともあるし――客観的に見てかなり特殊な関係のはず。

「なんでも『赤月《あかつき》家』と『柊《ひいらぎ》家』には古い縁、家族ぐるみの付き合いがあるんだとさ」

「その時点で僕たちよりも格上だな」

「あらー、私たちだって家は近いしセ○ムじゃないのに鍵の在《あ》り処《か》だって知ってるじゃない」

「対抗意識を燃やさなくていいですから……要するに、二人とも名家の出ってことか？」

「まさにそう。だから会長も透子《とうこ》さんも、進路とか将来なんて生まれたときから大体決まってる感じ……悪く言えば引かれたレールの上っての？　苦労がおありなんだろうね」

「詳しいな。誰から聞いたんだ？」

「透子《とうこ》さん本人。ガセネタの心配はないぜ」

お世辞にもお喋《しゃべ》りとは言えない彼女からここまで聞き出せる辺り、滝沢《たきざわ》には人の心を開かせる才能があるのかも。僕（心の戸締りが厳重なことに定評がある）なんかとラーメン食いに行けてる時点で当然か。

「ってわけで、あの人がさっき言ってたアレ…………ゴボード？」

「ご母堂か？」

「それそれ。あの会長のお母さんだろ。ぜってーとんでもなく怖い人だぜ。勉強も習い事も恋愛も、全部イチバンじゃなきゃ許しませんってガミガミ言ってくるタイプの魔王」

「……魔王って、お前」

「ヴァンパイアを超える存在って言ったらそりゃもう魔王か魔神くらいだろ！」

偏見を通り越してファンタジー。ミューデントの遺伝性は否定されているが、それを理解した上での発言だろう。

「うーん……でも、ガミガミ言われるの、あたしはけっこー嬉《うれ》しいけどな」

魔王はノーサンキューだけど、と獅子原《ししはら》は前置きして。

「怒るのも叱るのもぜーんぶ、なんだかんだ愛情の裏返しじゃん？」

「期待してなかったらなんも言ってこないだろうしね。真音《まおん》ちゃんのお母様はどう。赤点取ったらお小遣い減らされる感じ？」

「いやもう全然ないったら。そりゃ昔は激おこファイヤーだったんだけどさ、いつからか『あたしの娘だもんね、あんた……勉強できたりしたら逆に怖いわ』って諦めの境地。以来、あたしも吹っ切れたね」

「そこで見返してやろうとか思わないのが獅子原《ししはら》だよな」

しかし、不思議なことに想像できる。獅子原《ししはら》のお母さんはたぶんいい人なのだろう。

「たきざぁんちは？」

「うちのマミー？　んー、勉強についてはノータッチ。サッカーは頑張ってるのかよく聞かれるけど……それ以上に口酸《す》っぱく言われるのは『女に刺されるようなことだけはするんじゃないわよ』って。ピンタまでならオッケーだと」

「……たきざぁ、お母さんからもチャラ男認定されてるんだ」

「それこそ諦めの境地っしょ。旦那がチャラいんだし」

獅子原《ししはら》同様、滝沢《たきざわ》の家庭もなんだかんだ上手《うま》くいっているのが想像できる。

別に大それたことではない。これが普通のことなのだと思う。

大切にしすぎることはなく、逆に遠ざけすぎることもない。ただ空気のようにそこにあり、お互い過度に好いても嫌ってもいないのが理想的な母子《おやこ》の形なのだろう。

「……羨ましいな」

「なんか言った、こーもりくん？」

「なんでもない。それより滝沢《たきざわ》、道ってこっちで合ってるのか？　あそこの通り越えたら思い切り住宅街に入るぞ」

「ああ、手前の交差点曲がるから大丈夫……ってか詳しいのな」

「登下校で通るから」

「おっ？　なーんだ、古森《こもり》の家ここら辺だったのか。じゃあ、これから行くとこも知ってたり……知ってたり……する……かも……」

「いや、ラーメン屋なんて滅多に行かないし…………おい、どうした？」

「すまん、もう一度確認するぞ。お前の家、この近くなんだな？」

「だからそうだって」

「そうかそうか。そして斎院《さいいん》先輩はお前んちの警備ができるほどアクセス良好だと」

「…………」

嫌な予感。案の定、滝沢《たきざわ》は首をぐりんと曲げて後ろを歩く朔《さく》先輩を見やる。

「斎院《さいいん》先輩。あなた、この付近にお住まいですね？」

「うるせぇよ。キモいんだよ。マジでストーカーなのかよ、お前？」

全力の侮蔑を込める僕に「いやいやいや！」と言い訳がましい男。

「正当な理由があって俺は女子の住所を調査しているんだ。たとえば大きな災害や事件に巻き込まれた際に家族と迅速に連絡が取れるよう……」

「警察の巡回カードを騙《かた》るな！」

僕はあと一歩で滝沢《たきざわ》の背中を蹴り飛ばすところだったが。

「で、出た～、こーもりくんの忠犬モード！」

「セ○ムは翼《つばさ》くんの方ね」

若干引き気味の獅子原《ししはら》と、呑気《のんき》に笑う朔《さく》先輩。一人憤慨する僕が馬鹿みたいだった。

「かっかすんなって。俺はただ、斎院《さいいん》先輩のお美しい母君にご挨拶しておこうかなと……」

「何がお美しいだ、見たこともないくせに」

「親子は似るだろ、遺伝子的に。そこんとこどうなんすか？」

「まあ、顔については母親似だってよく言われるわね。でも、性格の方は真逆……あの人はどちらかといえばおっとりしていて、少し抜けているところがあるから」

「ふむふむ、なるほど……耳寄りな情報」

フレミングの左手を顔に当てる男。しかし、脳内で行われるのは物理とも推理ともかけ離れた妄想である。

「この見た目のまんま成長した人妻で、経産婦で、おっとりで、少し抜けている性格の、推定アラフォーのミセス、とくれば…………え？」

　導き出された結論に、驚嘆しながらも確信を得た顔。

「百パーセントエロいっすよね？」

「ちなみにおっぱいは私より大きいわ」

「一億パーセントエロいっすよね⁉」

「お前、アラフォーも守備範囲なのか…………ん？」

　僕は気が付く。滝沢《たきざわ》が男の性を爆発させる一方、獅子原《ししはら》は女子特有のセンシティブな悩みに苛《さいな》まれているらしい。眺望の良さに特化している自分の胸元と、質量に密度までも兼ね備えている朔《さく》先輩の胸元。両者を比較検討するように順繰り見比べた末、

「……やっぱり遺伝子が全てってことだよね？」

　僕に意見を求めてきた。何がとは言わなくてもわかってしまう。

「真理だな」

「けどさ、ゆーてお母さんあたしよりはあるように見えるってか、絶対あるのよね。なぜ？」

「妊娠・出産を経て体形が変化したのと加齢による体脂肪率の増加が要因」

「無慈悲に現実を突き付けるなー！　あたしだってまだ成長するかもだろー！」

「……高二で？　無茶言うなイテッ！」

ガチめに肩パンされた。沈黙は金。この手の話題ってどう答えても角が立つ。

しかし――母親、か。そんなワードで盛り上がるのは、高校生らしいのからしくないのか。

僕は心密《ひそ》かに、その話題が自分に回ってこないよう祈っていた。

果たして祈りは通じたのか、目的地に到着したことで雑談は一区切り。

「じゃじゃーん、この店だぜっ！」

焼肉屋やカラオケ店が立ち並ぶ裏通り、滝沢《たきざわ》が指差したのは『龍邦』という看板。りゅうほう、だろうか。くすんだ赤色を基調とした外観は老舗の佇《たたず》まい。

「中国人のご主人と日本人の奥さんがやってる店なんだけどさ。二人とも元々料理人で中華と和食が専門だったから、異国文化が融合されることによってぇ――」

さも第一人者だと言わんばかりにペラペラ喋《しゃべ》る滝沢《たきざわ》だが、店先のポスターには『全国放送で紹介されました』という文字と共に有名なグルメレポーターが写っている。まず間違いなくこいつが発掘したわけではない。

語りたいだけのうんちくにも女性陣は「へぇー」とか「あらすごい」とか、いちいちリアクションを取る優しさ。時間が惜しかった僕は、初めて来る店なのに先陣を切ることに。引き戸を開けて暖簾《のれん》をくぐれば、

「大繁盛《だいはんじょう》だな……」

鶏《とり》ガラ出汁《だし》の香りと共に賑《にぎ》わう人々の声。

ちょっとしたカフェくらいの広い店内にはテーブル席も多く設置されていたが、見た限り全て埋まっている。夕飯時には少し早いはずだけど、テレビの効果は絶大なのだろう。平日なのに家族連れやカップルが多く来ている。

しばらく待ちかな。俄然《がぜん》小腹の空いた僕は出鼻をくじかれるのだが。

「いらっしゃーい。こっちなら空いてるよー！」

と、元気な声。カウンターの向こうで麺の湯切りをしているのは件《くだん》のご主人だろうか、黒いTシャツで頭にタオルを巻くスタイルは日本文化に染まっている。

言われて気付いたが、十人ほど座れるカウンター席に客は一人だけ。

良かった良かった、これなら四人ともすぐに入れそうだな……安堵《あんど》した僕は席を確保しようと歩み寄った――の、だが。

「え？」

ピタリ、足が止まる。

理由は、見覚えがあったから。先にカウンター席に座っていた客の顔に、である。

若い女性だった。見ようによっては美人で、青みを帯びたアッシュグレーの髪をショートボブにしている。上はサマーニットで豊かな胸が強調。下はスキニーのダメージデニムにヒールの高いパンプスを直履《じかば》き。スタイルの良さを活《い》かしたファッション。

バンドをやっている女子大生とも、ヤンチャさが抜けきらないアラサーとも取れるが。

——嘘《うそ》だろ。

正解が後者なのを僕は知っている。

気だるそうな横顔には見覚えしかない。まだ日も落ちない時間帯にもかかわらず、具沢山のラーメンをすすりながらジョッキのハイボールを呷《あお》っている女は、

「ねえ……ねえったらー、リュウさーん？　聞いてるのー？」

馴《な》れ馴《な》れしく厨房《ちゅうぼう》の店主に話しかけていた。呂律《ろれつ》からしてかなり出来上がっている。常連で懇意にしているのは想像に易《やす》い。

「どーしてグルメ番組の撮影なんかオッケーしちゃったのさー、もー、ばかー！」

駄々っ子のような絡《から》み方は目に余るのだが、「なに、駄目だった？」店主は人の良さそうな笑顔で応じている。おそらく日常茶飯事なのだろう。

「だーめ！　おかげでバエだのバズりだの、にわかが大量に湧いてんじゃん。こんなくっそ不《ま》味《ず》いラーメン食うために十分も二十分も並ばされるの、あたしヤダからね？」

度《ど》し難《がた》い暴言にも「ははっ、不味《まず》いくせにいい食いっぷりだな」と返せるのは聖人。

ごめんなさい、ごめんなさい。心の中で謝罪を繰り返しながら僕は踵《きびす》を返《かえ》す。士道不覚悟も今は甘んじて受け入れよう。命あっての物種——しかし。

「おっ、どこ行くんだ？」

滝沢《たきざわ》が入店してきて退路を塞がれる。

「あー……ざ、残念だったな。満席みたいだから、この店はまた次の機会にでも……」

「ハァ？　カウンターは余裕で空いてんじゃん」

「僕の心に余裕がないから、今すぐ退避を……うわぁっ」

「腹減ったぜー」「あたしもあたしも～」と、なだれ込んできた滝沢《たきざわ》&獅子原《ししはら》。完全にラーメンの口と化している両者の熱に押し負けた僕はもみくちゃにされ、引きずられ、つかまれ、最終的にカウンター席に収まることを余儀なくされた。

「はいお冷やだよ～」

電光石火で人数分のグラスを持ってきたのはおそらく店主の奥様。いよいよ引き返す道がなくなる。不幸中の幸いは、僕の隣に獅子原《ししはら》、その隣に滝沢《たきざわ》、そこから空席を一つ挟んで例の女という座り順だったこと。

横一列だし距離もあるので、縮こまっていれば面が割れる心配はなさそう。

「よーし。外で語り尽くした通り、この店は醤油《しょうゆ》が超お薦めだからさ……大将、熟成醤油《しょうゆ》ラーメン龍邦《りゅうほう》スペシャルお願いしゃーす！」

「あたしも同じので！」

「……ぼ、僕も（小声）」

「あーい、龍邦《りゅうほう》スペシャル三つねぇー！」

威勢よく注文を繰り返す店主。聞き取ってもらえて良かった…………ん、三つ？

疑問を抱いたのは僕だけではなく、

「あれ……そういえば斎院《さいいん》先輩いないね？」

獅子原《ししはら》はキョロキョロしてから「ま、トイレ借りてるのかな」と結論付けるのだが。

僕は戦々恐々としていた。なんたる不覚。例の女の出現を確認した時点で、真っ先に考えるべきは己の保身などではなく、朔《さく》先輩の安全を確保することにある。僕にとってのあいつをラスボスとするなら、朔《さく》先輩にとっては天敵と呼べる存在なのだから。

遭遇しようものなら、辺り一面火の海と化す。

「……ん？」

ポケットのスマホが振動する。見れば新着のメッセージ。送り主は朔《さく》先輩で、ただ一言。

『戦略的撤退』

「次に勝つための、ですか……」

戦火は未然に防がれたが、朔《さく》先輩ほどの豪傑に撤退を強いるとは。

嵐が過ぎ去るのを待つように、姿勢を低くしている僕とは対照的。滝沢《たきざわ》と獅子原《ししはら》はテンションアゲアゲだった。陽キャコンビなので当然か。

「今さらだけど、真音《まおん》ちゃんニンニク増し増しでも大丈夫系？」

「ぬ？　ＪＫ的に？」

「いやミュー的に。嗅覚スーパーいいんでしょ」

分には気にならない……あれだね、ランナーズハイってやつ？　そこんとこ優秀なんですよ、あたくしの鼻は」

「うーん、電車とかで急に嗅ぐと嫌なんだけどね。こうやってお店の中にいて自分も食べてる

「え、キツイ臭いでうわってなったりしないの？」

「全然へーき！　むしろ好きかも」

「へえー、さっすがウェアキャット」

アホっぽい理論にアホ面で感心していたが。

「……それはただの嗅覚疲労だ（小声）」

「あ、ニンニクといえばヴァンパイアの弱点じゃんね。カイチョー苦手なのかな？」

「……ヴァンパイアはニンニクアレルギーが多いとは聞く」

「こーもりくん、何ぶつぶつ言ってるの？　ていうか……ねえ、ねえ。見てよ、向こうの席」

極力気配を消している僕に、獅子原《ししはら》は囁《ささや》く。視線を送る先では例の女が豪快にジョッキを傾け、なおも店主にウザ絡《がら》みを続けている。常人ならば関わり合いになりたくないと思う光景だったが、そこは動物並みに好奇心旺盛な少女。

「あそこに座ってる人、めっちゃかっこよくない？　顔ちっちゃいし、体ほっそいのにところどころ鍛えてそうだし、おまけに理想的な形の美乳でいらっしゃる……」

「やめろ。冗談抜きでやめろ」

「わかってるっての。だからひそひそモードでしょ。もしやお忍びのインフルエンサーだったり……いかにもアーティスト系っぽいよね。ややっ、ワンチャン美容系もアリ？」

獅子原《ししはら》はスマホで検索しはじめた。どこまで行ってもミーハー。良く言えば流行に敏感で、若人の見本ではあるのだろう。公共の福祉に反しない限りはのびのび自己実現してほしいが。

その制約をあっさり踏み越えてしまう悪い見本が一人。

「お姉さん、綺麗《きれい》ですねー」

うわぁ……僕は声も出ない。危うく失神しかける。まるでそうすることが男の流儀だとでも誇示するように、滝沢《たきざわ》は見知らぬインフルエンサー（仮）に突撃したのである。

兵は神速を尊ぶ――誰もが不意を突かれたのは言うまでもなく。

「んあっ？」

おかわりのハイボールに口をつけていた彼女は間の抜けた声と共に、切れ長の瞳をこちらに向ける。熟れたその目は酔っ払い特有の据わり方をしており、ケツの青い未成年を怯《ひる》ませるには十分だったが。

「この店、よく来るんですか？　俺はぶっちゃけ二回目でして……ハッハッハッハッ」

滝沢《たきざわ》は一歩も退かず。匹夫《ひっぷ》の勇《ゆう》ここに極まれり。

「ちょ、馬鹿、やめときなってぇ！　スイマセン、こいつがホントに……ほら、謝れ！」

「あ、どうも。お楽しみのところ邪魔しちゃってごめんなさい……下品なあれではないんで」

獅子原《ししはら》は率先して頭を下げ、ヘラヘラしている滝沢《たきざわ》にも下げさせる。悪ガキに翻弄される保護者の姿だった。

「おいおい、たまげたぜ。リュウさん……あたし今、高校生にナンパされてんぞ？」

苦笑いの店主に話を振りながら、「ふっ」とニヒルに口角を上げる女。次の台詞《せりふ》は、あたしも軽く見られたもんだね、か。ガキは帰ってマンマのパスタでも食ってな、か。年相応にギラついた一喝が飛び出せば、逆に丸く収まったところを。

「見る目あるな、少年！」

目をキラキラ輝かせて親指を立てる女。こうなる予感がしていたから嫌だったんだ。

「綺麗《きれい》ってのは具体的にどこら辺が？」

「シェイプアップした二の腕から腋《わき》にかけたラインが魅力的だと思いました」

「おう、合格だ。よっこらせっ」

うげぇ……僕は声も出ない。危うく口から泡を吹きそうになる。

例の女はジョッキと丼を持ってスライド。空席を詰めて滝沢《たきざわ》の隣に移動してきた。近い。俄《が》然《ぜん》、近いぞ。というかこれはもう死に体——

「安易に胸や尻に食いついたらお仕置きだったぜ……あれ？　少年、その制服って確か……」

「武蔵台学院《むさしだい》です。すぐ近くの」

「おお、キグーキグー。うちの息子もそこ通ってんだわ」

女はなんの気もなさそうに言って、ラーメンの汁をすするのだが。

「「高校生の息子さんいらっしゃるんですか⁉」」

滝沢《たきざわ》と獅子原《ししはら》の驚愕《きょうがく》が重なる。あんぐり開けた口の形まで一致。

「うん、いらっしゃりまするよ。中学生の娘もね」

「あー……えー……結んだのが離れ離れになって連れてきた、複雑なアレっすか？」

空前絶後の気遣いを見せる滝沢《たきざわ》に、「連れ子ではないっちゅーの」と半笑いでツッコミ。

「がっつり腹を痛めて産んでるからさー。可愛《かわい》くて可愛《かわい》くて仕方ないんだわ。ま、その割に向こうからは好かれてない……特に長男の方がね。ヤバイんだ。好かれてないどころか嫌われてるもん。露骨に避けられてんのよ、あたし。ほとんど家庭内別居の状態で……」

「うっそー、あり得ない。こんなお母さんいたらあたし、最高に嬉《うれ》しいのに」

「俺も、俺も。めちゃくちゃかっこよくて自慢……なあ、古森《こもり》もそう思うだろ？」

「恥ずかしいだけだ、こんな奴《やつ》！」

限界だった僕は、もうどうにでもなれという気分で叫んだ。

どうした急に、と驚く獅子原《ししはら》たちを無視して、罵声を浴びせた相手を睨《にら》みつける。瞬間、眠たげだった彼女の瞳は大きく見開かれる。こうして見ると確かに顔の造りは整っており、クールキャラでも気取っていればチヤホヤされそうなものを。

「わ～～お！」

冷たさとは程遠い声を発するのだから台無し。

「翼《つばさ》じゃ〜〜〜ん！　どーしたぁー？　今帰りぃ？　こちらご友人？　ねえ、ねえ？」

高校生の息子に対してとは思えない馴《な》れ馴《な》れしさに、ご友人たちはポカンとしている。僕は過去に何度もそうしてきたように、心の中で謝り倒すしかない。

彼女の名前は、古森飛鳥《こもりあすか》。血の繋《つな》がった僕の母親です、ごめんなさい。

「んん〜！　鶏《とり》ガラ醬油《しょうゆ》ってやっぱラーメンの王様だよ〜！　あたし大好き〜」

「くぅ〜！　俺も大好き〜！　追試を突破した五臓六腑《ごぞうろっぷ》に、油分と塩分が沁《し》み渡るぜぇ〜」

丼を持ち上げ、琥珀《こはく》色のスープを喉に流し込む二人。それこそ減量明けのボクサーがごとく至福を爆発させているけど。果たしてどういう一品なのか全然伝わってこない。テレビだったらクレームが殺到しそうな0点の食リポにも。

「ありがとよっ」

聖人の店主は笑顔。言葉を飾るよりも真心が大切ということか。

僕はレンゲでスープを一口。続いて箸で麺を一すすり。どちらも美味《おい》しい、気がする。ラーメンを好んでいない僕にそう感じさせるほどだから、店主の腕は一流。惜しむらくはその味を堪能《たんのう》する環境が整っていない点にあった。無論、店側に落ち度はなく。

「ハッハッハッハ。いいねぇ、若いねぇ、胃腸が弱ってないうちにたらふく食え」

忘年会じみたテンションで囃《はや》し立《た》てている女が原因。じわじわ胃腸が弱ってくる年齢のはずだが、向こう見ずにもチャーシュー麺とレモンサワーを追加注文していた。

「そのままデザートに杏仁豆腐《あんにんどうふ》まで行っとけな」

「甘いもんも美味《おい》しいんすか、ここ？」

「さあ？　値段がぼったくりだから一回も手ぇ出したことない……しかぁーし、喜べ少年少女たちよ。息子の友達に会えた記念で、今日はあたしが奢《おご》ってやろう」

「マジ？　あざーっす。じゃ、追加でコーラと餃子《ギョウザ》とライスの並お願いしま……」

「遠慮を知れバカーっ！」

遠慮なく滝沢《たきざわ》の頭をぶっ叩《たた》く獅子原《ししはら》だが、「いいのいいのっ」と寛容さを見せる女。

「今月はお店の売り上げ絶好調マックスなもんだからさ、パーッと使いたい気分なのよ。少年少女の胃袋を満たす程度じゃあ豪遊のごの字にも入らんね」

お店、と。堅気に見えない女の口からそんな単語が出れば当然、真っ先に思い浮かぶのは酒の酌をしながら楽しくお喋《しゃべ》りする例のアレだが。リアルはどうなんだろうか、ものすごく気になってしまう——と、微妙な空気感に包まれるのが我慢ならなかったので。

「サロンというか、美容院な。普通の……」

仕方なく僕が答えた。普通じゃない美容院ってなんだよ、と突っ込んでくる者はおらず。滝《たき》沢《ざわ》は変な緊張感から解放された様子。

「へえー、道理でキレッキレのファッション。美容師だったんすね、飛鳥《あすか》さん」

「うん。これでも一応、雇われ店長だぞ」

「………」

無言のまま身をよじらせる僕。初めての経験だった。同級生から母親を下の名前で呼ばれることが、よもやここまでむず痒《がゆ》いなんて。訂正しようにも他の呼び方が思いつかないため、断腸の思いで受け入れるしかなさそうだった。

「あたしよくわかんないんですけど……雇われ店長って、店長じゃないんですか？」

「店長だよ。店の中じゃ一番偉いし。ただオーナーっていうさらに偉い人がいて、あたしはこき使われているわけ。おかげでどんどん老《ふ》けてくわ」

「全く老《ふ》けてないです！　若すぎてびっくりしてますって、あたしもたきざぁも」

「そう？　ありがとー。つってもすでに三十四歳だしなー……三十四で、いいんだっけ？　三十五にはまだなってない気がするから……いいんだよな、四で？」

おばあちゃんみたいに一人問答している女をよそに、「聞いたか、おい……」「うん……」とアイコンタクトを取った二人。最終的に滝沢《たきざわ》の方が「なあ、古森《こもり》」と僕を見てくる。

「三十四か五で、十六か七の子供がいるって、それはつまり………ヤバくね？」

「産んだ年を計算するな」

具体的な数字を出されると僕も引いてしまうのだが。これについてヤバいのは父親の方だと思っている。何がとは言わないでおくけどさ、父さん……。

「しっかし、三十代半ばで二児の母でなお、この体形をキープしてるわけっすか……」

「興奮するだろ？」

「筆舌に尽くしがたく」

「はっはっはっは、正直でよろしい。あたしの見立てだと滝沢《たきざわ》くんはアレだね。遊んでる風に見えて実際も遊びまくっているという、期待を裏切らないタイプのすけこまし」

「おおっ、よくわかったっすね」

誰でもわかる。意外性皆無だったが。

「で、逆に獅子原《ししはら》ちゃんの方は……見た目ギャルだけど男遊びは全然してないでしょ？」

「えっ！　あっ！　えっ⁉」

「昔からそこら辺の眼力は鋭いんだぜ、あたし」

こちらについては誤算だった。たぶんいい方の誤算。僕は少なからず身構えていたから。酔っ払いの軽率な一言が、傷付く必要のない善人を傷付けるんじゃないか、と。

幸い僕が出張る必要もなく、獅子原《ししはら》の尊厳は守られたわけだが。

「い、いーえいいえいいーえ！　あたし、遊びまくってますから」

図星を突かれた本人は、裏返った声で奇妙なイントネーション。

見栄《みえ》を張りたいお年頃なのか。獅子原《ししはら》の交際歴なんて僕は関知しないけど、普段から遊びまくってる女子はこんな初心《うぶ》な反応しないだろう。

「学校の男子という男子を弄んでますし、手玉に取りまくってる……ねー、こーもりくん？」

「今どういう感情なんだ、お前」

「安心したまえ、獅子原《ししはら》ちゃん。ギャルの皮を被《かぶ》った乙女が男にはいっちゃん受ける」

「そ、そうですか？　皮を被《かぶ》ってるつもりは、ないんですけど……」

「もちろん。ギャルってのは心の在り方だもんねぇ……にしても、こんなにプリティーチャーミングな女の子とお友達だったなんて、うちの息子も隅に置けんなぁ」

「ぷ、ぷりちーっ！」

死語なのか古語なのかわからない表現に、しかし、獅子原《ししはら》は「これだけで白飯三杯はいけちゃいます」と言わんばかりに喜び勇む。かっこむのはラーメンだけど。

「うんうん、超絶可愛《かわい》い。特に髪が素晴らしいね。明るいカラーにふんわりセットがマッチして……変な言い方かもしれないけど、家で飼ってる猫ちゃん思い出す」

「ぜんっぜん変じゃないです、嬉《うれ》しいです。猫なんで、あたし」

「……え、急に下ネタ？」

「ウェアキャットなんです、ミューの。この髪も茶トラ猫をイメージしてましてぇ……」

気付いてくれた人初めてです。さっすが美容師さんです。見る目が違いますねー。

媚《こ》びへつらう言葉が止まらない獅子原《ししはら》だったけど。友人の母親から褒められるのってそんなに嬉《うれ》しいのだろうか。有識者、教えてくれ。

「ていうか、こーもりくん、猫飼ってるんだ。どうして教えてくれなかったの？」

「聞かれなかったから」

できればこれ以上、余計な情報は喋《しゃべ》ってほしくないのに。美容院ってどこにあるんすか、俺も今度行っていいっすか——滝沢《たきざわ》から聞かれた女は、駅の南口出て五分だとか学生割使えるぞとか、ここぞとばかりにセールストークを開始。

目も当てられない僕は、そっぽを向いてラーメンをすするのだが。

「……ねぇ、なんで妙にツンツンしてるわけ。感じ悪いよ？」

獅子原《ししはら》のお小言。親戚の集まりでスマホをいじってばかりいる息子を叱りつけるような。

「なんでもくそもなく、あの女が……」

「コラ、あの女とか言わない。フツーにいいお母さんじゃん。何が気に食わないの？」

「…………」

何がって。この場を早く去りたい僕は、咀嚼《そしゃく》をやめずに思案する。

自分の母親が目の前で、学校の友人とフレンドリーな会話を繰り広げて、打ち解け合って。

友人は母親のことを、少し不良っぽいだけで根はいい人なんだ、とか思っている。

その全てが気に食わなかった。

指摘されるまで、気付かなかった。母親のあらを探している自分に。母親の悪口を言いたくて仕方ない自分に。この女の本性を知らないんだと叫びたがっている自分に。嫌われてしまえばいいんだと願っている自分がいることに――

「そーいやさ。獅子原《ししはら》ちゃん、なんか『こーもりくん』って伸ばして発音してるように聞こえるんだけど……それ、翼《つばさ》のあだ名だったり？」

「あっ、はい。動物の蝙蝠《こうもり》が由来ですね。あたしは最初、本名だと思ってたんですけど」

「最初、か。そもそも何きっかけで仲良くなったん？」

「んまあ、ちょっとした人生相談に乗ってもらったと申しますか……」

「翼《つばさ》が？　大丈夫なの、それ。きっつーい毒吐かれたりしなかった？」

「結構ズバッと来ましたね。そこが逆に快感だったっていうか」

「真音《まおん》ちゃん、マゾなの？　俺的にはウェルカムだけど」

「変な意味じゃないっての！　ほら、こーもりくん、誰に対しても遠慮なく突っ込んでいくじゃん？　そこんとこがツーカイっていうか、地味にかっこよくもあったりして……いや、変な意味じゃなくってね!?」

にわかに上昇した体温を冷ますように、氷の入った水をゴクゴク飲む獅子原《ししはら》。赤い顔にうっすら浮かんだ汗は、香辛料による発汗作用なのか、はたまた精神的動揺による現象なのか、僕には見わけもつかなかったけど。

「ふぅん……そっか」

一を聞いて十を知ったように頷《うなず》いている女。

「知らないことばっかり聞けて楽しいなぁ。高校生になってからはこの子、学校のことなんて一切話さないから」

なんだよ、その言い方。

親の方は聞きたいと思っているのに、子供の方が話してくれないみたいに言って。

まるで親の心を理解してくれない子供の方に責任があるんだ、みたいに言って。

「あえて話さないでやったんだ。聞きたくもないだろうと思ったから」

僕は明後日《あさって》の方向を向いたまま、

「今の高校……受験するのに猛反対したのは、あんただろ？」

吐き捨てるように投じた言の葉は、気まぐれな風に乗り地球を一周するようにして、反対側の彼女にも届いたのだろうか。

「反対したんじゃない。心配だったんだよ」

そう呟《つぶや》いた彼女はきっと、僕のことなんて何一つわかっていないくせに、母親には全てお見通しだっていう顔をしていて。

「サキュバスの朔夜《さくや》ちゃんとは、今でも仲良くしてんの？」

何もかも間違っているくせに、なぜかいつも真理を突いてくる。

苛立《いらだ》つ神経を抑えるようにして見上げた天井の隅、蛍光灯が一つ切れかかっているのに僕は気が付いた。店主が中華鍋を振っている音や、見知らぬ客たちの談笑が無造作に耳を突いてくる。僕か、母親か、あるいは両方の空気が変わったのを、察したのだろう。

「あー、はい。斎院《さいいん》先輩と、あたしと、こーもりくん。部活が同じで……」

「今日も一緒だったんすけどねー、先輩。急に姿をくらましたよな」

触れていい箇所とそうではない箇所を選別するように。二人とも慎重になっているのがうかがえた。一方で、慎重さを欠こうとしているのが僕だった。

「僕が朔《さく》先輩と仲良くしてたら、不満なのか？」

「不満ってこたーないけどさ」

「はっきり言えばいいじゃないか」

つっかかって、強気になって。我ながら反抗期の子供だった。公の場で親子喧嘩《げんか》を始めるなんて、おそらくこの世で最も愚かな行為の一つに数えられるだろうけど、その一線を踏み越えそうになっている自分がいたから。

「難しいよ、あの子は。あんたが思っている以上に」

僕は心のスイッチを切るよう努めた。

「サキュバスになる前も、なったあとも一貫してるんだ。他人の顔色をうかがったりしない。機嫌を取ろうともしない。変に媚《こ》びようともしない。自然体に振る舞うだけで誰からも好かれちやう天性の愛されキャラ。羨ましいよな」

この言葉に価値なんてない。相手にする必要なんてない、と。しかし――

「だけどさ、そのくせあの子自身は誰にも心を開いてないんだ。胸の中の深い部分に、冷たくて分厚い壁を作ってる。特定の誰かに入れ込んだり、何かに執着したりしないで、周りの状況や人間を常に俯瞰《ふかん》して見てる。あんたのことも含めて、な」

「知ってるよ、そんなこと。だから僕は……」

「人とは違うんだってところを、見せたかったんだろ？」

「…………」

「大きく見せたいから、色んな相手にガツガツ接するんだ。普段関わらないギャルっぽい子にもガツンとお灸《きゅう》を据えるし、たぶんタイプの違う優等生っぽい子にも、高飛車で気難しい上級生にだって、もしかしたら一回り年が離れた先生にだって、同じことができちゃう」

獅子原《ししはら》と滝沢《たきざわ》が、静かに息を呑《の》むのがわかる。学校のことなんて一切話さない息子のスクールライフを、ほぼ的確に言い当てる慧眼《けいがん》はすさまじい。

しかし、心のどこかでこうなる予感がしていた。忘れていた感覚を徐々に取り戻す。

ああ、そうだ。僕の母親はこういう人。ゆえにどうしても、好きになれない。

「ミューデントでもミューデントじゃなくっても……そんなのは大した問題じゃないんだってことを、あんたは訴えたかったんだろ。腹を割って話せばみんな同じ人間で、何も変わらないですって。スペシャルもアブノーマルもないんですって。けどな……そんなやり方じゃ、あの子は逆にどんどん殻の奥に閉じ籠っていくだろうさ」

僕の人生は一瞬で看破されてしまうほど薄っぺらかった。

とどのつまり、親子喧嘩《げんか》をしているつもりになっているのはこちらだけであり。

「だって、あんたの中ではあの日からずっと、朔夜《さくや》ちゃんは『守らなきゃいけない人』で、同時に『保護されるべき可哀《かわい》そうな人』で………気付いてなかったろ。あんたが一番、あの子を対等な人間として扱ってない――」

「ごちそうさまでした。お会計、お願いできますか？」

ラーメンを平らげた僕は、わざとらしく声を張って席を立つ。

途中から敗色濃厚なのは見えていたので、実を言えば食べる方に集中していた。いや、敗色というのは語弊があるか。最初から勝負にすらなっていなかったから。

みっともなくって、この世から消えてなくなりたい気分。

母親の振りかざした正論という名の暴力に、抗《あらが》う術を持たなかった僕はどうしようもないくらい弱くて小さな子供だった。

四章
主人公の親がラスボスっていう作品、近頃は少ない気がする。

INOU APPEAL
SHINAI HOU GA
KAWAII
KANOJO TACHI

『毒親』――子供を駄目にする親の総称である。発祥はアメリカだ。

日本でいえば、親ガチャなんて関連用語も生み出されたのは記憶に新しい。

「親子の尊い繋《つな》がりを、低俗なソシャゲの文化なんぞにたとえるのはけしからん！」

頑固一徹な批評はこの際、言いっこなしにして。僕は前々から疑問だった。

――この場合、本当にガチャを回しているのは誰なのか？

なるほど、子供の側が産まれてくる環境を選べないのは事実だし、不出来な親のせいで苦労を強いられるケースもあるのだろう。

「親であることは一つの重要な職業だが、このために適性検査が行われたことは一度もない」

そんな格言を残した作家もいるくらい、親に責任が伴うのは間違いなく真実。

しかし、少し至らない程度の親をつかまえて「毒親」だの「ガチャ失敗」だの罵るのは、さすがに酷がすぎるのではないか。

研修所もマニュアルも存在しない中、大体の親は子育てという重責に向き合っているのだから、あまりいじめないでやってほしい。

加えて不思議なことに、多様性がどうのこうのと騒がれている時代の割には、この分野についてはいつも片面的な議論しかなされてない気がする。

何が言いたいのかといえば、たしかに子供は親を選べないけれど。

親の方だって子供を選ぶことはできない。

非人道的な見解を僕が平気で口に出せる理由はきっと、そう。

今まで自分が親にとって──少なくとも母親にとっては──お世辞にも『いい子ちゃん』とは言えなかったから。むしろ悪い子。さぞかし扱いにくかったろう。

振り返れば、彼女が言っていることはいつも正しかった。朔《さく》先輩に対する人物評も然り。

今でこそ混ぜるな危険の両者だけど、変人同士通じ合う何かがあったのか、元来は仲が（無駄に）良かった。「朔夜《さくや》ちゃわん！」「お母様！」と呼び合って、僕を辟易《へきえき》させる程度には。

風向きが変わったのは、朔《さく》先輩がミューデントの認定を受けてから。

母親が問題視したのは、とりわけ僕の心持ちについて。

ミューだとかそんなの関係なく、今まで通りに接すればいい。他のみんなに理解されなかったとしても、自分だけは──と、そこに潜んだ欺瞞《ぎまん》は容易《たやす》く看破されたのだろう。

「なんにも変わっていないと思い込んでいるのは、あんただけだよ」

「現実から目を背けてばかりいると、痛い目に遭う日がいつか来る」

要約すれば、以上の二点。

心身共に幼かった僕には、彼女が言わんとしていたことの半分も理解できてはおらず。そのうちに事件は起こった。朔《さく》先輩はミュー狙いのストーカーに刺されそうになって、それを庇《かば》った僕は大怪我《けが》を負い死線を彷徨《さまよ》う。

痛い目に遭う日がいつか来る——果たして母親の危惧は現実のものになった。

あるいはその後の展開も彼女には読めていたのかもしれない。

朔《さく》先輩は何も言わずに外部の高校を受験して、僕の前から姿を消した。

サキュバスだから、ミューデントだから、と。謂《いわ》れのない誹謗《ひぼう》中傷が蔓延《まんえん》している学校の空気に嫌気が差して、だけど不条理な世界に、面と向かって立ち向かう勇気もなくって。短期間の引き籠りを経たのち、僕も新天地を目指した——と。

かっこよく言い換えてみたが、白状しよう。僕はただ逃げたかっただけなんだ。情けない自分のことを知っている人間がいない場所で、今度こそはかっこつけた生き方を、自己満足の人生を送ろうとしているにすぎなかった。

息子のそんな甘さを看破していたのだろう。進路について猛反対した母親が、最後に漏らした諦めの言葉はこうだ。

「朔夜《さくや》ちゃんが可哀《かわい》そうだよ。こうならないために離れていったんだろうに」

なぜ朔《さく》先輩の名前を出すのか、言わんとすることの半分もやっぱり理解できなくて。

「いなくなったあともあんたのことを縛り付けるなんて、あの子だって望んでないのに」

ただ、それは明確な非難であり、全てを否定されたのと同義に思えて。

以来、僕は母親を避けるようになった。元から生活のリズムが違う、向こうは土日も含めて夜遅くにしか帰ってこなかったから。少し意識するだけで、同じ家に住んでいるとは思えないくらい顔を合わせる機会は激減。まともな会話すらなくなった。

そうして始まった新しい高校生活、僕は思いがけず朔《さく》先輩と再会することになるわけだが。

一年も経《た》てばさすがに、母親の言っていた言葉の意味もわかりはじめる。物理的な距離をいくら詰めても、心の距離は埋まらない。いくら昔と同じように振る舞っても、僕と朔《さく》先輩の間には前にはなかったはずの見えない壁が存在していて。

振り返れば、そう、母親が言っていることはいつも正しい。

だから僕はあの人を避けていたんだ。避ける理由を怒りや憎しみだと思い込むようにして、自分を守ろうとしていた。本当は違う。立ち向かうのが怖かっただけ。言い負かされるとわかっていたから。無茶苦茶なことを言っているわけではない。あの人は冷静で、正論を聞かされるのが、それに反論できないのが嫌だから、逃げていたにすぎない。

あんなチャランポランに見えても彼女は立派な大人。

毒親なんて罵る権利、いっぱしの子供にもなれない僕には与えられていなかった。

他の月よりも五月を短く感じてしまうのは、やはり大型連休から始まるせいなのだろうか。

六月はご多分に漏れず、いつの間にかやってきていた。

重かった冬服を脱ぎ捨ててカレンダーを見れば、僕にとってはあまりいい思い出のないイベント——文化祭が、もう今週末にまで迫っていた。

今日からは四時間のみの短縮授業。この期間に大部分のセッティングを済ませ、全ての授業がなくなる前々日と前日に残りを片付ける。

去年で流れは大体把握していた。今回は模擬店をやるので、地味な展示系だった去年よりは大変そうだけど。

「やっとメニュー表できたー……え、これあと十個も作るん⁉」

「シフトかっちり決めすぎじゃないか？　不測の事態に備えてヘルプ要員を……」

「衣装のサンプル来てるぞー。誰でもいいから試着してみてー」

「内装に使えそうな小物、まだ集まってないの？」

その分やりがいも倍増するのか、クラスは活気に満《み》ち溢《あふ》れていた。

働きアリの法則とかインテリぶる気はないが、こういうときってタイプが分かれる。

陣頭に立って仕事をする者、仕事をしないで怒られる者、怒られない程度には仕事をする者。

その流れの中に埋没していられることが、今の僕は幸せだった。

忙しければ忙しいほど心を無にできる。余計なことを考える暇もないから。

「目標をセンターに置いて、カット……目標をセンターに置いて、カット………」

社畜の才能を開花させつつある僕は、折り紙を畳んで切って開いて糸を通すのを繰り返して幾年月。内職だったら時給換算二百円くらいの速度で、カラフルなハニカムボールを量産することに命を捧《ささ》げていたら。

「はぁー⁉　あんた、嘘《うそ》ついたわけ⁉」

「う、嘘《うそ》ではないんだけどぉ……事情が変わってさぁ……ごめん」

「タダで使わせてもらえるって話だったじゃーん！」

何かトラブルが発生したようだ。

スポーティな刈り上げの男子が、女子二人からものすごい剣幕で詰め寄られている。いかにも気の強そうな彼女たちは獅子原《ししはら》と同じグループのギャル一派で、男子の方は滝沢《たきざわ》と一緒にいるのをよく見かけるのでおそらくサッカー部。

僕の真横で繰り広げられるやり取りは自然と耳に入ってくる。経費削減のため内装に使えそうなインテリア——人形なり置物なり、和風のカフェを演出する雑貨を各自持ち寄る段取りになっていたのだが。その中の一つが急遽《きゅうきょ》、使用不能になったらしく。

「実家のじいちゃんとばあちゃん、少し前に大喧嘩《げんか》したらしくってさ。庭にあった盆栽、残らず粉砕したんだって……八十越えてるのに怒るとこえーんだ、ばあちゃん」

「は？　しれっとおばあのせいにすんなし」

「使えるかもわかんないのに『俺んちにあるぜ！』とかチョーシぶっこいてたわけ？」

うっわぁー、サイテー……ゴミを見るような冷たい視線。

滝沢《たきざわ》だったら間違いなく養分にするが。彼はそこまで上級者ではなかったらしい。「チョーシこきました、すんませーん！」と、半泣きで遠ざかっていく背中には悲愴《ひそう》感しかなかった。

「ハァ～……今さら盆栽ナシなんて萎えるっしょもー、どーする？」

「んー、和のパワー下がっちゃうけど、ミニ盆栽とかで我慢しとく？」

「しゃーなしかぁ……………うわっ、値段はひとっつもミニじゃない!?」

フリマサイトで検索したのだろう、「盆栽やべー！」と驚愕《きょうがく》しながらスマホをいじっている。

彼女たちの嘆きや絶望の声が、ばっちり耳に入ってしまったので仕方なく。

「盆栽なら、当てがあるけど」

内職しながら独り言みたいにエサを撒《ま》いたのだが。

「「マジッ!?」」

入れ食いみたいな速度で食いついてきた。

「やっりぃ、救世主の登場じゃーん」

「こもりんのおじい、盆栽マスターだったり？」

誰がこもりんだ勝手にあだ名を増やすな。

「おじいじゃなくって、文芸部。いつだったか、朔《さく》先輩が急に『盆栽育てたい！』とか言い出したときがあってさ。結構立派なやつ。今は校庭の花壇に置かせてもらってる……たくっ。言い出したのは自分のくせして、世話は用務員さんに任せっきり……」

「うん、とにかくあるんならヨシ！」

うぇーいうぇーいと喜び合っている二人は、しかし、はたと真顔になって僕を見つめる。

「サキュバスのパイセン、なんで急に盆栽育てようと思ったわけ？」

「こっちが聞きたい。で、いるのか、いらないのか？」

「いります！　お願いします！」

「わかった。運ぶのは前日でいいよな？」

「おけおけ。うちらも手伝うから声かけて………あ、そうだ！」

と、女子の片方が僕にスマホを見せる。画面ではメモ帳アプリが起動していた。

「これ、内装に使いたいけどまだ集まってない物の一覧ね」

「パイセンのご趣味で部室に置いてあったりしない？」

「趣味じゃなくてただの気まぐれ……」

どうでもいい訂正をしつつ、僕はリストに目を通す。

派手じゃない提灯《ちょうちん》、古めかしい火鉢、雪舟っぽい掛け軸、茶屋でよく見る番傘、鹿威《ししおど》しに使えそうなでっかい竹……か。どれもレアリティが高いけど。

「全部ありそう」

「「なんで⁉」」

「だからこっちが聞きたい。文句あるんなら貸さないぞ」

ないない、と高速で首振りする二人は「こもりん愛してるー！」「神ってるー！」過剰に感謝を爆発させてくる。背中や肩を撫《な》でくり回されている僕を見て、恨めしそうに唇を嚙《か》むのは先ほど彼女たちから詰められていた男子。俺の手柄を横取りしやがってという目。逆恨みは大概にしろ。お前の不始末をカバーしてやったんだぞ。

「はぁ…………ん？」

世知辛さを嚙《か》み締《し》める僕は、気が付いた。こちらを見つめる人物が他にもいることに。

獅子原《ししはら》だった。作製しているのはポスターか看板か、パステルカラーの水性ペンを手にしている彼女は、作業そっちのけで僕に視線を向けている。

湿った視線に込められるのは、女子とのスキンシップにデレデレしている（してないんだけど）男子への軽蔑――ではなく。もっと深い部分で僕を非難している。

――なんで何も説明してくれないの、と。

その感情は無理からぬもの。あいつからしたら意味不明だろう。ラーメン食いながら母親といがみ合った同級生が、次の日からそんなことなかったかのように振る舞って、のみならず自分を避けているような素振り。避けているつもりは、ないんだけど。

今の僕にとってそれはまさしく、考えたくないことに該当するので。

「……一応、全部あるか確認してくる」

無言の追及から逃れるように、僕は教室を出る。


他所《よそ》のクラスでもうちと同じように、あれがないこれがない、でも欲しい全部欲しいと奔走している生徒がいて、いかにも文化祭前。物見遊山《ゆさん》気味に彼らを眺めながら、僕が向かうのは文芸部の部室——のはずだったが。

「いや、待て」

考えてみれば、部室に置いてあったよくわからない雑貨の数々（朔《さく》先輩印）は、ガサ入れが実施されたあの日から生徒会室に保管されているままだった。無論、持ち出すのならば生徒会長の許可が必要だろうけど。

至極真っ当に、顔を合わせづらかった。「中二病は卒業しろ」と、ショック療法なのかもよくわからない一撃を見舞って、彼女とはそれっきり。まあ、少しかっこつけている部分を除けば会長は人格者なので、許可を出すとか取るとかに私情を挟んだりはしないはず。

「…………お？」

気乗りしないままやってきた特別棟。

生徒会室の扉はノックするまでもなくすでに開け放たれており。

「なぜ駄目なんです、会長！」「生徒の希望は無視ですか？」「もう一回、考え直して……」

と、立て続けに声が聞こえてくる。先客がいるようだ。おまけにどう考えてもお取込み中。

邪魔するのは憚《はばか》られるので廊下で待機しようと決めるが、覗《のぞ》き見《み》するつもりはなくても中の様子はうかがい知れてしまう。

人数的に、三対一の構図だった。後ろ姿からして前のめりになっている、必死そうな男子生徒が三名。その向こう側にいる一人が誰なのかは、（ちっちゃくてとかではなく）陰になってよく見えなかったが想像はついた。

「見苦しいぞ。何度も言わせるな」

案の定、凛《りん》としてよく通る会長の声。

「すでに決定事項だ。君たちの主張する『クイーン武蔵台《むさしだい》』なる大会の開催は、厳正なる審議の結果、見送る運びになった」

「しかし、ですね。元をたどればこの催しは、武蔵台《むさしだい》学院の伝統行事の一つだった……」

「もう十年以上前の話だろう。時代が変わったのを理解しろ」

ふむ。全容は見えないが、文化祭の企画にまつわる何か。

おそらく彼らは『クイーン武蔵台《むさしだい》』というイベントを開くために嘆願している、と。

女王様《クイーン》か。名称から察するに十中八九。

「内容は『我が校で最も優れた女子生徒を決めるコンテスト』だと……早い話が、ミスコンステトと呼ばれるものだな」

予想通り、ミスコンだった。日本一可愛《かわい》い○○を決めよう、みたいなアレ。

滝沢《たきざわ》に類する男子共だったらさぞかし血沸き肉躍りそう——否、ひょっとすればより多くの生徒を惹《ひ》きつけるポテンシャル。漫才師然り、鳥人間然り、グランプリとかコンテストにはみんな興味関心が強く、なんだかんだ盛り上がるから。

その点では面白い企画ではある。とはいえ障害となる要素も多い。

「美人コンテストと揶揄《やゆ》されるのは知っているだろう。いわば美醜を競って順位を付けるものだ。ルッキズムを助長しかねないとして、昨今はどこもかしこも縮小傾向。ゆえに我が校でも廃止されたものを、掘り起こすメリットがあるか？」

会長の冷静な問いに「あります！」と声を揃《そろ》える男子たち。

「つまんない時代になった今だからこそ、復活を期待している生徒が多い……」

「そもそも企業や自治体がミスコンを避けるようになったのは、スポンサーや世間の顔色をうかがっているからでしょう？　一学校のローカルな文化祭で同じ理論は通用しません」

「提出していた企画書の通り、審査方法も全面的に見直して、容姿や外見に関する物はなくす予定です。美人コンテストなんて誹《そし》りを受ける危険性は低い……」

我知らず、深く頷《うなず》いていた僕。わかる。彼らの主張には一定の正義がある。

しかし、正義なんてものは所詮、人の数だけあって。

「ほう？　ローカルな文化祭、だと。そうはいっても学外から多くの来場者が訪れる以上、私たちも世間の目は気にするのが道理だろう。加えて審査方法をいくら変えたところで、出場者に仮面を被《かぶ》らせるわけにはいかないんだ。容姿や外見に囚《とら》われないなんて、お題目を並べても結局は見た目が基準になり得る。審査する側の偏見を排除しきれない」

僕はもう一度、深く頷《うなず》いていた。わかる。会長の主張にも一定の正義がある。

このレベルでは決着がつかない。どちらにも傾きうる天秤《てんびん》だからこそ、絶対的な基準が必要になってくる。今回それを握っているのは、おそらく。

「……と、ここまでは私個人の意見にすぎないから、聞き流してくれて結構だが」

こちらについては受け入れろ、と会長は何かの書面を三人に突き付ける。

「全学級と部活動の代表が集まって行われた審議会において、企画案は投票に付された。結果としてクイーン武蔵台《むさしだい》の開催については、反対票が賛成票を上回っている」

ぐぬぬっ、と彼らが歯噛《はが》みするのは見えなくてもわかった。

「ロビー活動が足りなかったんだよ、君たちは」

「……生徒会長が堂々と、そんな用語を使っていいんですか？」

「もちろん。クリーンな意味で使っているからね。みんながやりたがっているとか漠然としたエビデンスを提示するより、全校生徒の過半数の署名でも集めてきた方が私の考えを変えられたかもしれんな」

「そんなの不可能だって、わかって言ってるでしょ？」

「やる前から不可能だと決めつけている人間に、民意を語る資格はない」

強い。そして怖い。

部外者の僕でも「ひええ……」と言ってしまいそうになるのだから、面と向かって正論をぶつけられた彼らのショックたるや計り知れない。覚えていやがれよ、と。そんな捨《す》て台詞《ぜりふ》が聞こえてきそうなほど、半べそかいた顔の三人が走ってきて。

「くそ、冷酷な吸血鬼め……」「可愛《かわい》いからって偉そうに……」「ロリの罵倒はしみるぜ……」

悔しさを言葉に変える。ちょうど僕の目の前で。瞬間、思った。

——なんの関係があるんだよ？

吸血鬼なのも、可愛《かわい》いのも、ロリなのも。今はどうだっていいはずだろう。その些細《ささい》な一言で傷付く人間がこの世にどれだけいるのか、少しは理解した方がいい。

普段だったら思うだけじゃなくって、口に出していただろうけれど。

「……ハァ」

ため息を漏らした僕になんて興味を示さず、彼らの姿はやがて見えなくなった。

口に出さなかった理由は、母親から言われた台詞《せりふ》がちらついたから。

僕にとって朔《さく》先輩は、ミューデントは、保護されるべき可哀《かわい》そうな人たちなのだと。そんなつもりがなくても、そう受け取られたって仕方ない。守ってくれなんて誰からも頼まれていないのに。どうして僕は固執していたんだろう。

「おい……おい、古森翼《こもりつばさ》」

「え？」

「用がないんなら閉めるぞ」

扉に手をかけた会長が僕に半眼を向けていた。

「あっ、あります。ちょっと確認したいことが……入ってもいいですか？」

「勝手にしろ」

背を向けた会長を追う形で僕は生徒会室に入る。

目的の物はすぐに見つかった。部屋の隅に積み上がっているのは、ゴムバットだったりピアニカだったりこけしだったり、統一性がまるで感じられない物品の数々。整然としている生徒会室の中では異彩を放つ。持て余しているのは察するにあまりあった。

「えーっと、提灯《ちょうちん》、火鉢、掛け軸、番傘、それから竹だっけ………うん、あるな。すみません、会長。この中の一部、模擬店で使いたいんで持ち出してもいいですか？」

「結構。一部と言わず、折を見て全部持って帰れ」

うざったそうに答える会長は「場所を取って仕方ない」と、やはり持て余していたようだ。

ご迷惑をおかけしました。会釈《えしゃく》する僕は、会長の姿を見て小さな変化に気が付く。ブレザーを脱いだ夏服スタイルは他の生徒と同じだが、彼女の場合はもう一か所。

「外套《ケープ》、脱いでるんですね」

「もう夏だからな」

「夏用の薄いタイプも売ってそうですけど」

「持ってはいるが、今年から着ないことにした」

朔《さく》先輩に馬鹿にされたから、だろうか。存外、人間味があって微笑《ほほえ》ましい。

ついでにあまり怒っていないようなので安心した。

「冷房効いてると寒かったりしますし、僕は別に着てもいいと思います」

「察したような顔をするな、鬱陶しい……ふぅ」

会長はお疲れの様子。文化祭の本番を間近にして仕事がてんこ盛りなのだろう。

「疲労の蓄積に有効なのは、やはりこれだな……」

と、カラカラに渇いた肉体に命の水を与えるように、会長は冷蔵庫へ手を伸ばす。取り出したパウチはご存じ、彼女にしか飲用を許されない赤き血潮。

十秒チャージとばかりに一瞬で中身を飲み干した会長は、

「――――っくは～～～～！　生き返る～～ッ!!」

色んな意味でキマッている顔。何回見ても慣れないし何回見てもヤバイ映像だった。

「前も聞きましたけど……それ、ただの血液ですよね。ヤバイ成分入ってません？」

「んんー、よくぞ聞いてくれた。無論、非合法な物質は何も混ざっていないが……これを『ただの血液』などと呼ぶことに関しては、断固として『否ッ！』と答えよう」

「具体的には？」

「ここだけの話、祖父母が医療関係の仕事をしていてね。ヴァンパイアの中でも特別に、私は『A5ランクの血液』だけを与えられて育ったんだ。ゆえにこの血液は、舌触り、喉越し、爽快感、どれを取っても一級品」

「牛肉じゃないんだから……」

血液に格付けがあるなんて、今まで読んだどの文献にも載っていなかったが。

「ふっふっふ……君にはわかるまい。あるんだよ。一般人には決して周知されることのない、ヴァンパイアにのみ知らされる秘伝の流通ルートが」

「ああ、はい。わかりました……にしても、やっぱり生徒会長って大変ですね」

「先ほどの連中のことか」

「ミスコン、悪くない案にも思えますけど」

「いい悪いじゃない。ルールに則《のっと》った運営が大原則だ」

「ブレないですね。嫌になったりしないんですか？」

「嫌になる、かい？」

「正論にも相手は納得しなくって、自分が悪者になったみたいで、不条理だなって」

僕に対する母親が、まさしくそれに思えた。いくら正しい道を説いても、意固地な息子は聞く耳なんて持たずに反発するばかり。親だろうと生徒会長だろうと、誰かを導く立場にある人って孤独で損な役回りだな、と感じるのだが。

「夢にも思わなかったな、そんなこと」

会長は僕の考えを明確に否定して。

「私は私の行為に納得しているから、不条理だなんて嘆いたことは一度もない。誰かが正論を振りかざして恨みを買わないといけないのなら、私は喜んでその役割を担《にな》おう」

自分で選んだ生き方だから、と。彼女の瞳には真正の覚悟が宿って見える。

「人の上に立つ者の義務として……なんて言ったら、君は馬鹿にするかもしれないが」

「いえ、かっこいいと思います」

「ああ。かっこつけたがりだからな、私は」

「……少しズレてる気がする」

会長の中では『かっこいい』＝『かっこつけ』なのだろうか。

「…………君も、私と同じタイプの、かっこつけでかっこいい人間だと思っていたけどね」

「僕が？　何をもってそんな風に…………え？」

若干、たじろいだ。純粋にかっこよかったはずの会長が、かっこいいのとはまた違う表情を今は見せているから。小さな体をモジモジさせたり、小さな指をいじいじさせたり。

マスコットキャラ的なその動作を前にして、僕の脳内は彼女にとっての禁句（『か』で始まり『い』で終わる四文字）で埋め尽くされたわけだが。

「たとえば…………そう、花屋で見知らぬ少女に親切にして、キザな台詞《せりふ》を残して去っていくような……損得勘定抜きに善行を積める、かっこいい男じゃないのか？」

「ハ、ハナ？　ショウジョ？　すいません、比喩表現の読解は苦手で……」

「比喩じゃなくてありのまま言ってるよー‼」

急に怒った。やっぱり何かズレてる。

「とにかく！　君だって本当はかっこつけたいんじゃないのか？」

「…………」

僕がかっこつけている。かっこつけたがっている。初めて言われたかも。そして気が付く。

自分も本当はずっと、正論を振りかざす側でいたかったのだと。

本来なら、僕はこの学校に来るべきではなかったんだ。

朔《さく》先輩を外の世界に追いやった、悪意の蔓延《まんえん》するあの学校に残って、正論をひたすらに説くべきだったんだ。孤独でも誰にも理解されなくてもいいから、自分だけは正しいんだという信念のもとに戦えば良かった、立ち向かうのが使命だった。

それを放棄した。あのときできなかったことをやり直そうとしているだけ。

あるのは後悔だけで信念もないから、母親には立ち向かえないし、朔《さく》先輩との距離は永遠に縮まらないまま。

「……すごいなー、会長は。僕に色んな気付きを与えてくれる」

「なに？　大丈夫か、君の方も少しズレてる気が……」

「僕と会長は全然、違いますよ。あなたと同じカテゴリなのはきっと、朔《さく》先輩みたいな……」

「あんなギャンブル依存症の腐れサキュバスと一緒にするなー！」

「ごめんなさい」

スペシャルな人って言いたかったんです。最後まで嚙《か》み合《あ》わない僕たちだった。

生徒会室を出た僕は、ついでに例のブツも確認しておこうかと思い立ち。

昇降口で靴に履き替え、普段滅多に訪れない校庭の花壇までやってきていた。

「おっ、しっかり育ってるな。よしよし」

木製の台に載せられた盆栽を発見。綺麗《きれい》に手入れされ、心なしか前よりでかくなって見える

（用務員さんありがとう）。和を演出する小物としては申し分ないだろう。

しかし、カラフルなガーベラやマリーゴールドに交じって、青々とした松の鉢植えが鎮座し

ている風景はなんともシュール。間違った意味の和洋折衷か。

「……外の準備も、始まってる」

そっち持ってー、こっち上げるよーという声に視線を向ければ、校舎の近くでテントを設営している生徒の姿があった。主に運動部の担当となっている屋台——まだ屋台らしさはないけど、『サッカー部／やきそば』とか、『野球部／フランクフルト』とか、仮置きの看板が目に入るだけで少しお腹《なか》が空いてくる。

飲食系以外にも、あれは金魚すくい……いや、ヨーヨーすくいか。ビニールプールにまだ水は張られていなかったが、「試しに一個、膨らませてみたぜ」「うお、パンパン」と、水風船の感触を確かめていた男子は、しまいにそれを使ってキャッチボールを始めた。

ジャージに着替えているみたいだし、濡《ぬ》れても構わないのだろう。楽しそうで羨ましい。

「そういえば……文芸部の準備、全く参加してないな」

占い館だっけ。あの一件以来、なんだか朔《さく》先輩とも顔を合わせづらくって。思えば、好きでもないラーメンなんかを食べに行ったせいでケチがついた。つまり全て滝沢《たきざわ》が悪い、と僕が責任転嫁《てんか》に落ちぶれていたとき。

「あ——!!　見つけたぞ——!!」

大音声《だいおんじょう》は、遠くの空に浮かぶ雲まで届きそう。

見れば「邪魔ぁ、どいてぇ！」と、水風船で戯《たわむ》れていた男子共を撥ねのけながら、こちらに向かってくる生徒が一人。肩を怒らせる彼女は僕の前までやってくると、猫科の猛獣を思わせる厳《いか》めしい両目を光らせる。

「もー、限界だぁ……あたしのイライラがマックスボンバーに達しちゃったよ、いい加減」

「マックスボンバー……」

「観念してぜーんぶ懺悔《ざんげ》しなさいっての、こーもりくん！」

語彙力は壊滅的だったが、非常にお怒りなのは伝わってくる。

その声は僕のよく知る女の物に聞こえたが、しかし、奇妙な点も一つ。つい先ほど教室で見かけた彼女は他のクラスメイトと同様、何の変哲もない夏仕様の制服に身を包んでいたはずなのに。目の前にいる人物は全然違う。

恥をかくのは避けたいので確認しておこう。

「どちら様ですか？」

「あたくしですけど⁉　記憶喪失？」

「ああ、悪い……獅子原《ししはら》だよな。どうしたんだ、その格好？」

「ハァ？　店員が当日に着る衣装、試着中に決まってるじゃん」

つまんねーこと聞くなよって感じに吐き捨てられてしまったけど、僕は今初めて知ったんだから「決まってるじゃん」というのは見当はずれ。

「へー、本格的な衣装だ」

思わず、しげしげと観察してしまった。

抹茶を思わせる緑を基調とした振袖に、同じく渋い色合いの袴《はかま》。ところどころ白いフリルがあしらわれている。女子大生の卒業式スタイルにメイド服を合体させた感じ。正しい意味の和洋折衷で、和カフェにはベストマッチ。

だいぶ前から、裁縫の得意なメンバーが寝る間を惜しんで作製中だとは聞いていたが、とても素人《しろうと》作とは思えない出来栄《できば》えに仕上がっていた。

「な、なに……へ、変だった？」

急に恥ずかしくなってきたのか、意味もなく和服の袖をフリフリして見せる獅子原《ししはら》。髪もいつもと違って一つ結び。

「けっこー可愛《かわい》いと思うんだけどなー、あたし的には……」

「うん。僕も可愛《かわい》いと思う」

「えっ⁉」

「緑が可愛《かわい》い。フリルが可愛《かわい》い。袴《はかま》も可愛《かわい》い。トータルで可愛《かわい》い」

「ご、五回も言った⁉　可愛《かわい》いなんて絶対言わないことで知られるあのこーもりくんが！」

信じられないのを通り越して、影武者を疑うリアクションだった。

「絶対ってことはないだろ」

「あたしの中では絶対なのっ。一回も言われたことなかったのっ」

足を踏まれた側は覚えてるんだぞ、とでも言うようにムスッとしている女。

「どういう心境の変化？」

「実はさっき、脳内を埋め尽くす『可愛《かわい》い』というワードに死ぬ気で抗《あらが》っていて。今のは反動で溢《あふ》れただけだから、五回とも撤回しておく」

「別に撤回しないでいいんだけど…………どういう状況、それ？」

「僕にもわからない。なあ、汚れたりしたら大変だろ、その服。早く教室に戻ろう」

「あー、そだねー…………って誤魔化されるか！」

僕の進路に立ちはだかる獅子原《ししはら》。誤魔化したつもりはないのだが。

「なんで逃げるの？　話した方がすっきりするじゃん」

「何を話せって？」

「全部だよ。斎院《さいいん》先輩のこととか、お母さん……飛鳥《あすか》さんのこととか、いっぱい」

「一口には言えないんだ」

本音だった。説明するのが難しい。それ以上に知らない方が幸せだと思った。優しい獅子原《ししはら》には聞かせたくない。ストーカーとか、差別とか、引き籠りとか。この世の汚くて暗い部分が凝縮された話になるだろうから。

そうでなくとも包丁で刺されて死にかけたなんて、重すぎて引かれるに決まっている。

僕は口を割らないつもりでいたが、しかし、その覚悟は無意味だったらしい。

「一口には言えないって、それ……中学の頃に斎院《さいいん》先輩がストーカー被害に遭って、サキュバスだからどうだとか質の悪い噂《うわさ》が広まった結果、外部受験するしかなくなっちゃって」

「………」

「負い目を感じたこーもりくんはヒッキーを経由したのちに、飛鳥《あすか》さんの忠告を無視してこの学校を受験。そこでたまたま斎院《さいいん》先輩と再会して今に至る……っていうことが？」

「大体そうなんだけど………なぜ知ってる？」

聞くまでもないか。

「飛鳥《あすか》さんと話したから」

「あの日、ラーメン屋でか」

こちらも聞くまでもないな、と思っていたが。

「ううん、別の日。この前、雇われテンチョーやってる美容院にお邪魔して……あそこ、すっごく雰囲気いいお店だね！　リピートしちゃうかもしれないよー」

両者のコミュ力を甘く見ていた。

「随分と仲良しだな」

「たきざぁの方が仲良くしてるよ。連絡先交換してお茶してるっぽい」

その件についてはあとで滝沢《たきざわ》をたっぷり締め上げるとして。

「あの女、人の個人情報をベラベラ……」

「飛鳥《あすか》さんは悪くないの。あたしが聞いたんだから」

本当は僕もわかっていた。ベラベラ喋《しゃべ》ったわけでも口が軽いわけでもなく、純粋に必要だと判断したから。獅子原《ししはら》にはきちんと話しておくべきだと、何も知らないのは不憫《ふびん》だろうと、母親は見抜いたのだろう。

何回か接しただけの人間に見抜けたそれを、何回も接しているはずの人間が見落として。

こうして今、獅子原《ししはら》を悲しませている。僕はいつも間違ってばかり。

「……こーもりくんとも、それなりに仲良しのつもりだったんだけどな」

「なんにも知らないよね、あたし……なんにも、話してくれないんだから」

「他と比べたら話してる方だぞ、獅子原《ししはら》には」

「でも……こーもりくんが猫飼ってること、知らなかったし。写真すら見たことないし」

「謎にこだわるんだな、それ」

「中学生の妹ちゃんがいるのも、知らなかったし」

「教えるタイミング、あったか？」

「何歳までお母さんと一緒にお風呂《ふろ》入ってたのかも、知らなかったし」

「普通知らないだろ！」

「ウェアキャットのこととか、りっちゃんのこととか……あたしのことは丸裸にして散々辱《はずかし》めたくせして、自分だけガード固すぎでしょ」

「誤解を生む言い方……」

初夏の日差しが厳しいせいだろうか、無性に頭が熱くて沸騰しそう。温暖化、許すまじ。僕が青天の空を恨めしく見上げていた、そんなとき。

「ばか、どこ投げてんだ！」

「やっべぇ！　危なーい！」

男子の叫び声と同時、視界に黄色い球体が乱入してくる。

それが暴投された水風船であり、放物線から計算される落下地点が獅子原《ししはら》にぴったり重なっていると認識できた頃には、もう直撃までゼロコンマ五秒。

「え？　わっ！」

強引に押し退けられた獅子原《ししはら》がよろめく。

直後、パシャーン……と。破裂する音に湿り気が混じっているのは、液体がたっぷり詰まっていたから。水風船は狙いすましたかのように僕の顔面にクリーンヒット。

柔らかい素材の割には痛かった。遅れて冷たさに震える。顎から雫《しずく》がしたたってきて、夏用の薄いワイシャツが体にぴったり貼り付いていた。

「ご、ごっめーん！」

「おい、大丈夫かー！」

と、謝罪しながらも決して近付いてはこない実行犯たち。遠目にも僕の怒りを察したのかもしれないが、まったく考えの浅い奴《やつ》らだ。いくら大人になれない子供でもクソガキではない僕が、この程度でキレたりするはずない。

「涼しくなって、ちょうど良かったよ…………ありがとなァ――――ッ!?」

全力でお礼を言ってやったところ、「すんませーん！」一目散に逃げていった。

残されたのは物理的に水がしたたっている男が一人と。

「くっ……ははっ。ありがとなーって………ははは っ」

ごめん、ごめん、と言いながらも腹を抱えて笑う女が一人。

「衣装、濡《ぬ》れてないか？」

「うん、うん、大丈夫………ありがとね、ありがとう……」

重い空気が吹き飛んだのは確かなので、彼らには本当に感謝しておこう。


体を冷やしたせいで風邪を引くなんて死んでもごめんだった（少し前に脱臼とのダブルパンチで苦い経験をしている）僕は、素直に保健室に立ち寄ってタオルを借りた。

「濡《ぬ》れた服、これ使って乾かしてもいいですか？」

設置されていたドラム式の洗濯乾燥機を見て、あわよくばと養護教諭に尋ねる。

「あー、だめだめ。生徒の私用で使わせるんじゃないぞって、教頭がうるさいんだわ」

すまんね、と謝ってくる彼女。そりゃそうか、と思った僕はすぐに引き下がったのだが。

「せんせー！　でもですね、これはあたしを庇《かば》った名誉のずぶ濡《ぬ》れでありまして……」

一緒にいた獅子原《ししはら》が何やら交渉を開始。最終的にふふっと養護教諭は微笑《ほほえ》んで、

「しゃーない、見なかったことにするから勝手に使いな」

職員会議があるらしく、終わったら電源切っとけよーと言い残して去っていった。

コミュニケーション能力って偉大だな、と改めて感心させられるのだが。

「……って、おい。なんだ、その手は？」

「なんだってそりゃ……」

教室から着替え（ジャージ）を持ってきてくれた獅子原《ししはら》は、おもむろに僕の来ているワイシャツに手を伸ばしてボタンを外し始めた。

「それ乾燥機にかけるから。恥ずかしがらないで脱いだ！」

「恥ずかしい以前に一人でできるっての」

こいつってときどきオカンになるよな、と呆《あき》れながらシャツと肌着を脱いだところ。

「んー？　あれー？　えい、えいっ………あっれ～？」

「いてっ、いてっ。おい、今度こそなんだその手は？」

僕の下腹部、へその横辺りを布団《ふとん》叩《たた》きみたいにペシペシはたいてくる女。

「なんかゴミみたいなの付いてるからさ、落としてあげようかなと……取れないね」

「ゴミ？　ああ、これは……」

斜めに五センチほどの細いライン、肌の色が黒ずんでいる箇所がある。

「傷跡兼手術痕だ」

「きずあとけん？」

「例の、ストーカーに包丁で刺されて死にかけたときの。これでも目立たなくなった方」

脱いだ服を洗濯機に放り込み、乾燥モードで運転開始。ジャージに袖を通したところで、僕は気が付いた。固まっているというか、絶句しているようにも見える獅子原《ししはら》に。

「どうした、あんぐりして」

「刺されて死にかけたことあるの⁉」

「いや、母親から聞いてるんだろ？　朔《さく》先輩とのこと」

「色々あったのは聞いてるけど包丁でブスリは知らない！」

「…………」

怖いー、痛いー、と。掛け値なしにドン引きしている獅子原《ししはら》。なるほど、こうならないために母親はところどころぼかして僕の過去を説明したらしい。さすが大人。

「ははっ、引っ掛かったな。ジョークだよ。ちょっぴりビターな……」

「ちょっぴりじゃなくって真っ黒だし誤魔化すには無理がある！」

まあ、そうなるよな。いくら砂糖やミルクを混ぜても中和できそうにないので、今だけは仕方なくその苦味を受け入れよう。受け入れてもらおう、というのが正しいか。

「……真冬の、寒い日でさ」

回転する洗濯機のドラムをボーっと眺めながら、もどかしいくらいにゆっくり言葉を落としていった。下手に取り繕おうとして時間がかかったわけではない。僕自身にとっても思い出す作業が必要だったから。

甘いお茶菓子もなしにブラックのコーヒーを飲まされる羽目になった獅子原《しはら》は、大方の予想通り、渋くて苦そうに顔をしかめていたけれど。

聞き終わって発した第一声は、予想を外れていた。

「とんでもない格差社会だね」

「は？」

「あたしは水風船で、斎院《さいいん》先輩は包丁。同じ庇《かば》うにしても凶器がダンチっていう」

「物騒な格付けはしないでいい」

「ハァー……でも理解しましたわ。そんなことがあったんならそりゃ、忠犬にもなりますわ。やっぱし、あたしにとってのラスボスは斎院《さいいん》先輩かぁ。強いよー、強すぎるー」

負けイベに出くわしたみたいな言い草。なんのRPGかは知らないが。

「ラスボス、か。僕にとっては母親がたぶん、そうなんだろうな」

「飛鳥《あすか》さん？　強そうではあるけどね……もしかして『守らなきゃいけない人』とか『保護されるべき可哀《かわい》そうな人』とか言われたの、結構大ダメージだった？」

言われたのは僕なのによく覚えてるな。

「ダメージ以前の問題だろ」

明らかに致命的。即死魔法に近かった。

「言い返す気力もない。僕は結局、あの日あのとき……朔《さく》先輩のためにできなかったことを、お前も含めて別の色んな人に対してやり直すことで、自己満足してるだけなんだ。いくら背伸びしてもかっこつけても特別にはなれない。一生、普通の人間のまま」

覆《くつがえ》しようのない事実を前に白旗を揚げる僕を見て。

「何がいけないの、それ？」

だからどうしたと言わんばかりに開き直る獅子原《ししはら》。

「自己満足とか背伸びとか、あたしは知らないいし」

「……」

「助けられる側からしたら、そんなの関係ないんだ。仲のいい友達にあたしが言えないこと、代わりに言ってくれたり。庇《かば》って水風船ぶつけられて濡《ぬ》れちゃったり。そういうとこ見せられたら素直にカッケーって思っちゃうの。コロッと好きになったりしちゃうの。あたしにとってこーもりくんは十分、特別な人なの！」

絶対に違う。かっこいいわけがない。頭では理解できているし、きっぱりと否定すべき場面なのに、それをさせない魔力、魔性——見よ、彼女の曇りなき眼《まなこ》を。

ロジックを超越した説得力の獅子原《ししはら》は、へっぴり腰を矯正するように僕の尻を叩《たた》いてくる。

「うっ」

「血の繋《つな》がった母親相手にビビりすぎなんだって。あたしのことイジメてるときみたいに、血も涙もない感じでビシッと言い返してやればいいんだ」

「イジメた覚えがない」

「と、に、か、く！　いつも通りのこーもりくんでいいの！」

ピー、ピー、ピー。

演説めいた獅子原《ししはら》の台詞《せりふ》が終わるのと同時に、ドラムの回転が止まる。

「おっ、乾いたみたいだね。あたしを庇《かば》って濡《ぬ》れちゃった名誉のシャツちゃん♪」

「……念のため言っておくと、庇《かば》ったのはお前じゃなくて衣装の方だからな？」

「あーはいはい。わかってますから、大丈夫ですよー？」

余裕の笑みを浮かべる獅子原《ししはら》は、「ほいっ」と洗濯機から取り出した服を差し出してくる。

言いたいことは山ほどあったけど、結局は一つに集約される気がしたので。

「ありがとう」

受け取りながら、僕はお礼を口にする。

そしてもう一つだけ、忘れずに言っておかなければいけないことがある。

「獅子原《ししはら》。一個、真面目に苦言を呈すけど」

「ん？」

「好きになったりしちゃう、とか。冗談でも簡単には言わない方がいいぞ。この世にはその言葉だけであっさり勘違いする男子がごまんといるんだ。勘違いさせたら可哀《かわい》そうだろ。ま、僕は絶対に何があっても勘違いしない体質だから心配いらないけど」

「あーはいはい！　わかってますから！　大丈夫ですよー!?」

三十秒前と文言は同じなのに、獅子原《ししはら》の笑みには余裕がなさそうに見える。

よくわからない中、やっぱり勘違いしない体質で良かった、と僕は安堵《あんど》するのだった。


僕はジャージから乾いた制服に、獅子原《ししはら》の方も店員の衣装からもとの制服に、それぞれ着替え直して教室に戻ったところ。

「暇になってきたし、部活の手伝いしたい人はそっち行ってもいいよー」

委員長の舞浜《まいはま》から号令がかけられて、それを合図におよそ半数の生徒が教室を出ていった。

各自部活動の出し物を準備するためだ。

曲がりなりにも文化部に所属する僕たちも、一応その流れに乗ってはみたのだが。

「どーしよー。斎院《さいいん》先輩、怒ってるかなー？」

「不貞腐《ふてくさ》れてる可能性は高いな。まるっきり放置だったし」

「あたしもここんとこ、クラスの方に出ずっぱりで……」

部室へ向かう足取りは非常に重い。

先々週くらいだろうか。文化祭では占い館をやると決めて以来（正式に決定したのかも怪しいが）、今日まで一度も文芸部に足を運んでいなかった。

ひとえに僕も獅子原《ししはら》も、心に余裕がなかったから。

心に余裕がないときに朔《さく》先輩の相手をするのが、どれだけ危険かは今さら説明するまでもないだろう。正常な判断能力が奪われる上に下手すれば精神を病んでしまう。ひどいことを言っているとは思わない。全然思わない。

「でも占い屋さんって具体的に何準備するんだろうね」

「水晶玉とかタロットカードとか。内装は暗幕張って薄暗くするぐらい」

「だいぶ解像度の低い占いですけども…………ん？」

特別棟の階段を上っている最中だった。獅子原《ししはら》は鼻をスンスン鳴らす。

「なんかちょっと、いい匂いしてこない？」

「僕は特に感じないけど」

嗅覚に優れるウェアキャットが言うからには、どこかに発生源があるのだろう。

「模擬店で出す料理、試食でもしてるのかもな」

「ノンノン、食べ物系ではなくって、なんだろう……仏壇のあるおじいちゃんちとか、お寺の境内とかに立ち入ったときのアレ」

「線香臭いって言いたいのか。学校の敷地内《しきち》で墓参りもクソもない…………え？」

驚いたことに、一般人である僕の鼻にもだんだんその匂いは届いてきた。届いてしまったというべきか。無性に嫌な予感。往々にしてそれは現実のものとなり。

「うん。ここからだね、匂うの！」

と、我ら文芸部の部室を指差してくれた獅子原《ししはら》。麻薬を嗅ぎ分ける警察犬みたいに鼻を利《き》かせているが、たとえ口呼吸でもここが発生源なのは一目瞭然だろう。

だって、ドアの隙間からなんか、白い煙が漏れてるし。

「なんかもくもく出てるね」

「……まあ、大体想像できる」

この程度では動じなくなっている自分に侘《わび》しさを覚えながら、僕は扉を開ける。ふわりと鼻を衝《つ》いてきたのはジャスミンの匂い。案の定、お香が薫《た》かれている。部室内はしばらく来ない間にすっかり様変わりしていた。

壁には暗幕が張られ、窓には黒いカーテン、テーブルや椅子にも黒いシーツを被《かぶ》せる徹底ぶり。床には六芒星の描かれたカーペットが敷かれている他、パワーストーンやペンデュラム、占いグッズなのか千年アイテムなのかも判別できない物体が転がっていた。

「占い館……なのか、これ？」

我知らず疑問を呈する。とりわけ気になるのは、隅にひっそり設置されている水槽。中には枯れ葉や枯れ木が敷き詰められていた。何を飼育しているのか特定しきれずにいると。

「失礼ねー。どこからどう見ても占い館でしょーが！」

不満いっぱいに頬を膨らませて見せるのは、この館の主──朔《さく》先輩はアラビアンな紫色のベールを頭に被《かぶ》り、顔の下半分を隠す（隠せていない）のは半透明のヒラヒラした布。初めてお目にかかる装《よそお》いではあったが。

「無駄に似合いますね、占い師コス」

存在自体が胡散臭《うさんくさ》いだけはある。

「無駄には余計よーう。結構お高いんだから」

「一人でここまで準備するなんて。案外真面目なんだ」

「誰も来ないんだから一人でするしかないでしょーが！」

おっしゃる通りだった。その点は正当に評価すべきなのだろうが、何か見落としがあるはずだと僕があら探しに目を光らせる一方。

「すっごーい。いろんなもの集めたんですねー」

獅子原《ししはら》はテーマパークにでも来たかのように楽しげ。相変わらず順応スピードが人並み外れている女は、「わー。このカエルさんのフィギュア、めっちゃリアル」不用意にも、僕が最も警戒していた水槽の中身に顔を近付けて。

「ゲコー」

「んぎゃぁー!!」

次の瞬間、絶叫していた。さすがに生きているのは想定外だったらしい。元気な鳴き声を上げたカエルを前に「ぶぶぶぶっ……」と、白目を剝《む》いて震えが止まらない獅子原《ししはら》。

「占いっぽい生物として飼育することにしたの。ふふっ、意外と可愛《かわい》くって」

自慢げに宣《のたま》う朔《さく》先輩に、「黒魔術の間違いでしょ」我ながら的確なツッコミ。

そして冷静に現状を分析する。短期間で禍々《まがまが》しく強化（?）された部室だが、いかに朔《さく》先輩が魔術師じみているといえども、無から有を生み出すのは不可能。

先立つもの——下世話なハナシ、なんらかの資金源は必要であり。

「やあやあ。盛り上がってるねぇ、諸君」

と、そこで現れたのは白衣を着た美人。生物教師の、氷上《ひかみ》牡丹《ぼたん》先生だった。

今日も今日とて儚《はかな》げな雰囲気をまとう彼女は、雪女と呼ばれるミューデント。その透き通った肌がひんやり冷たいことを僕はよく知っている。身を包む白衣は特注の冷感仕様であり、ぱっと見スレンダーに思えるけど、一枚脱いだ下には朔《さく》先輩をも凌《しの》ぐグラマラスボディが隠されていることも、僕はよく知っていた（卑猥《ひわい》な意味じゃない）。

「おおっ、だいぶ占い館っぽくなってきたじゃないか、素晴らしい」

「……この状況を見た第一声がそれですか」

げこー、げこー、と会話の合間にカエルの鳴き声が挟まり、獅子原《ししはら》は未《いま》だに失神しかけているわけだが、氷上《ひかみ》先生の泰然自若ぶりたるや。

成り手のいない文芸部の顧問を引き受けてくれた彼女には、頭が上がらないのだが。見ての通りつかみどころがないというか、特に飲酒の量と金銭感覚においては異端。朔《さく》先輩と並んでたびたび僕の精神をすり減らしてくる——のみならず、両者が化学反応を起こしてバイオハザードが発生することもしばしばあり。

「斎院《さいいん》くん、依頼されていた例のブツなんだが……」

氷上《ひかみ》先生がおもむろにポケットから取り出したのは、プラスチックの薄っぺらいカード。某通販サイトのロゴを確認した瞬間、「ストップ」僕は反射的に彼女の手首をつかんだ。ひんやり冷たくて気持ちいい。このまま抱きしめたいほどに——ではなく。

「あの、それってもしや……」

「ん？　ああ、ギフトカードと呼ばれる商品さ。ネットショッピング等で利用可能な紙媒体の有価証券だと聞いている」

「ですよね。なぜそれを朔《さく》先輩に？」

「買ってこいと頼まれたから」

朗報だ。資金源、見つかったぞ。

「本当はコンビニの棚にあるの全部買おうとしたんだが、レジに持っていったら店員に止められてね。購入理由を聞かせろだの警察に相談した方がいいだの、まったく何を言っているのかさっぱりだ。一流と呼ばれていた日本のサービス業がここまで廃れているなんて」

「感謝した方がいいですよ、その店員さんには」

国の未来を憂える前に常識を学んでほしい。生い立ちもあって、少し浮世離れしているのが氷上《ひかみ》先生。いや、少しじゃない。その善意に付け込む悪党はいつの世にもはびこる。

「とうとう一線を越えましたね、朔《さく》先輩？」

先生から取り上げた一万円のギフトカードを、証拠物件として突き付けてやるのだが。占い師もとい詐欺師の女はおとぼけ顔。

「落ち着きなさいって」

「十分、落ち着いてます。バレたら退学もんですよ」

「まあまあ、そう言わず。資金難に喘《あえ》いでいた私に、援助の話を持ち掛けてきたのは氷上《ひかみ》教諭の意思であって。彼女の方は現金支給にこだわったのだけど、私はそれを固辞して足の付きにくいプリペイドカードを提案したのよ？」

「やることなすこと特殊詐欺なんですよ！」

こんな台詞《せりふ》、言う方も言われる方もどうかしている。

つまりこの場の全員タガが外れているから、奇跡的にバランスが取れているのであって、部外者に目撃されれば一巻の終わり――

「お取込み中のところ、大変恐縮なのですが……よろしいですか？」

終焉《しゅうえん》は、突然に訪れる。いつからだろう、冷めた視線でこちらを見つめる者が一人。眼鏡の似合う彼女は柊《ひいらぎ》さん。瞬間、思考が停止する。香炉から漂う煙は外にダダ漏れ、水槽の中ではカエルがげこげこ鳴いており、僕の手には謎のプリペイドカードだ。

何から釈明すればいいのか迷っているところに、

「ほら、斎院《さいいん》くん。やっぱりこれを使った方が手っ取り早いだろう」

追い打ちをかけるのは氷上《ひかみ》先生。生徒にクレジットカードを手渡す絵面は、納得の犯罪臭。考えれば考えるほど、詰んでいるとしか思えない状況に追い込まれており。

「申し訳ありません。この件はどうか、内密にお願いします」

言いながらすでに僕は彼女の前で膝をついていた。身内の退学がかかっているのだから、土下座の一つや二つ安いもの。それで足りないというのなら、

「こちらのギフトカード、副会長の懐《ふところ》にお収めいただいて結構です」

「臆面もなく袖の下を提示する時点で、あなたの倫理観も疑わしいですが……」

ご心配なく、と僕の差し出した賄賂を突き返した柊《ひいらぎ》さん。

「本日は副会長の任とは関係なく、文芸部に依頼があって参りました」

「依頼、ですか？」

「はい。青少年の抱える問題に寄り添うのが活動目的だと、聞き及んでおります」

そういえば、そんな部活だった。まともな仕事なんて一か月近くなかった気がするけれど、一定の需要が常に存在しているのは確か。

「柊《ひいらぎ》さん、お悩み事でも？」

「私ではなく……さるお方が、みなさまの力を是非お借りしたいそうです」

やけに含みを持たせて来るが、柊《ひいらぎ》さんは大真面目、そもそもジョークを言う人じゃなく。

「へえ、面白そうじゃないの」

他人のクレカの番号をスマホに入力している朔《さく》先輩が、怪しく微笑《ほほえ》み。

「さるお方、か。なるほどね」

自分のクレカの番号をスマホに入力されている氷上《ひかみ》先生が、意味深に目を細める。

両者とも訳知り顔に見えたのには、僕の思い過ごしではなかったらしい。事実、この依頼は文芸部にとって、かつてない大仕事になったのだから。

五章

誰かの特別になりたくて

INOU APPEAL
SHINAI HOU GA
KAWAII
KANOJO TACHI

宇宙を目指す前に深海の神秘を解明しろ、とはよく言ったもの。

身近にあるものや普段使っているものほど、実は知らないことだらけ。一年以上通っている学校にも未知のエリアは山ほどある。

少なくとも、理事長室なんて、僕は今まで存在すら知らなかった。

立地的には、職員室を経由して入れる校長室を、さらに経由した奥に控えている。いわば隠しダンジョン的なポジション。上座といえば聞こえはいいけど。

「地震や火災が発生したら百パー逃げ遅れるわよね」

「滅多なこと言うもんじゃないですよ」

朔《さく》先輩がさっそく失言をかます一方、

「床がフワフワでそわそわするぅ……」

膝小僧をモジモジ擦って、獅子《しし》原《はら》は落ち着かないご様子。

一般人としては正しいリアクションで、僕も少なからず畏《かしこ》まっていたが。

「ハァ〜……この椅子、職員室にも置いてほしいな。座り心地がダンチ」

こっちは絶対に正しくないリアクション。就職面接だったら一発アウト、人を駄目にするソファみたいにくつろいでいる氷上《ひかみ》先生。ちなみに朔《さく》先輩もほぼ同じ体勢で、仰《の》け反《ぞ》り気味のせいか見事に胸部が強調されている。そそり立つ二つの山……否、四つか。

色んな意味で大物の両者だったが、しかし、上には上がいる。ホワイトハウスを本拠地とする国家元首がごとく、この部屋を根城としているのは――

「理事長。文芸部のみなさまをお連れしました」

「ご苦労だったわね、透子《とうこ》さん」

ここまで案内してくれた柊《ひいらぎ》さんは当然、勝手を知っているのだろう。

僕たちへ「おかけになってお待ちください」と言い残して奥にスタスタ進み、いかにも高級そうなアンティーク机の傍《そば》で一人の女性と会話している現在。

理事長と呼ばれた彼女は、四十手前くらいに見えるのだが。役職を鑑《かんが》みればプラス十歳ほどが順当だろうか。外見での判断を難しくさせる要因は、緩いウェーブのかかった長い髪が金色だから――一目でわかる天然のブロンド。

今どき街を歩けば様々な国の人々とすれ違うし、この学校にだって日本以外にルーツを持つ生徒は多数在籍しているため、驚くほどのことではないのかもしれないが。

ミーハーな獅子原《ししはら》はさっそく僕に耳打ちしてくる。

「すごいねぇ、めちゃくちゃ海外の人だよ」

「めちゃくちゃじゃない海外があるのか」

「変な意味じゃなくってさー、金髪って『ザ・西洋』だから、海の向こう側感が増さない？」

「まあ、こっちは極東だもんな」

「おまけに超エレガントじゃん。ロイヤルな王室一家のファミリーみたい」

「色々重複してるけど……」

言いたいことはわかる。素人目《しろうとめ》にも上流階級を思わせる美人さんで、フォーマルなお召し物からは気品が溢《あふ》れ出《だ》していた。

柊《ひいらぎ》さんと何事かを話している王妃（仮）をそぞろ眺めていたら、不意に目が合う。ノーブルな微笑《ほほえ》みを浮かべた彼女はそのままこちらに歩いてきた。訳もなく背筋を正す僕だが、隣の椅子で「んんっ！」と咳払《せきばら》いしている獅子原《ししはら》からはそれ以上の気概、あたしがやらなきゃ誰がやるとでも言いたげな覚悟が伝わってきて。

「は、はろぉ～？　はうでぅーゆーでぅー？」

迅速果敢にもそれを実行に移す。対話能力にいささか難がある面子《めんつ》——詐欺師（朔《さく》先輩）、世間知らず（氷上《ひかみ》先生）、畜生（僕）を見て、自分が先陣を切るしかないと判断したのだろう。

その意気や良しだったが。

「Oh dear! Good thank you. I'm pleased to make your acquaintance.」

ペラペラ、ペラペーラ。返ってきたのは滑らかすぎる発音。簡単な挨拶とはいぇ、ネイティブ以外の耳をすり抜けるには十分だったが。

「おーう！　みーとぅーみーとぅー、ていくいっといーじー」

獅子原《ししはら》は意外にも「わかっていますとも」って感じに余裕綽々《よゆうしやくしやく》。やるじゃないか。密《ひそ》かに感心している僕の肩を、彼女はちょんちょん叩《たた》いてきた。

「……あの人、なんて言ってるの？」

「わかってなかったのかよ」

「あと、あたしなんて言った？」

「それはさすがにわかれ」

このレベルでよく英会話を実践しようと思えたものだ。ほら、理事長に笑われてるぞ。

「すいません、こいつの英語は赤点ギリギリでして……というか、柊《ひいらぎ》さんとは普通に日本語で喋《しゃべ》ってましたよね？」

大して鋭くもない僕の指摘に、「あら、ごめんなさい」と彼女は謝罪。

「話しかけられた言語に合わせるのがマナーかと思って」

なるほど、結構お茶目な人らしい。間近で見ると、優しさの中に相反する厳しさも内在していそうなブルーの瞳には、どこか見覚えがあるような。

「初めましての方は初めまして。ミシェル・カーマインと申します。この学院では一応、理事長を務めております」

「で、では、カーマイン理事長とお呼び奉《たてまつ》れば、よろしいでありますでしょうか？」

日本語までおかしくなっている獅子原《ししはら》に呆《あき》れることはなく。

「いえ、できればミシェルと呼んでもらえる？」

畏れ多い言葉だったが、別段フランクさを強調する意図はなかったらしい。

「ファミリーネームの方はややこしくってね。ビジネスの関係で今もカーマインを名乗ってはいるけど、夫の姓は赤月《あかつき》……だから、赤月《あかつき》ミシェルでもあるの」

「えっ」の形になった口で固まるのは僕と獅子原《ししはら》だけ。

「道理で。身長以外そっくりね」

朔《さく》先輩は納得がいったように呟《つぶや》く。いつの間にか就活生もかくやのパーフェクトな座り方に直っている彼女は、我が意を得たりの顔。

「お察しの通り、赤月《あかつき》カミラは私の娘です」

この世は本当に、身近であればあるほど知らないことで溢《あふ》れており。

「今日お呼びしたのは他でもありません。あの子……カミラに関するお願いです」

宇宙よりも探求のしがいがあった。


最果てのような立地のおかげなのか、文化祭の準備に勤《いそ》しむ生徒たちの声も理事長室までは届いてこなかった。腰を落ち着けて話すのには適した場所である。

「さて、何から話したものかしら……ああ、どうぞ楽にしてね？」

応接用の椅子に座した理事長は、会話の糸口を探るように視線を高くする。

構図としては三対三の商談（？）だった。朔《さく》先輩、僕、獅子原《ししはら》の順で横に並び、ローテーブルを挟んだ対面では、氷上《ひかみ》先生、理事長、柊《ひいらぎ》さんの順に並んで座っている。赤月《あかつき》家と深い縁のあるらしい柊《ひいらぎ》さんが、あちら側なのは当然として。

文芸部というくくりからすれば、顧問である氷上《ひかみ》先生はこちら側に座るべきだという意見もあるかもしれない。しかし、僕もすっかり忘れていた。プライベートもパブリックもだらしないズボラ女というのは、あくまで世を忍ぶ仮の姿。

「遅ればせながら。ご無沙汰しております、ミシェル叔母様」

「あら、こちらこそ。牡丹《ぼたん》さんとは、去年の暮れ……本社の懇親会ぶりかしら。同じ学校にいるのになかなか顔を合わせないものよね」

「末端ですので、私は。本家でもここでも」

読み通り、二人は旧知だとわかるやり取り。

そう、知る人ぞ知る彼女の血筋——氷上《ひかみ》先生はこう見えて、氷上《ひかみ》グループと呼ばれる巨大な企業集団の代表を父に持ち、縁故あってこの学校に就職したのだ。

「あ、そっか。理事長と親戚だって、前に牡丹《ぼたん》ちゃん言ってたもんね」

獅子原《ししはら》の確認に「ああ、母方の叔母だ」と答える氷上《ひかみ》先生。

そうなれば会長は従妹。そして氷上《ひかみ》先生にも外国の血が混じっていることになる。髪や目の色からなんとなく察しはついていた。ちなみに雪女は日本由来のミューデントなわけだが、発症条件には血統よりも後天的に身に付けた社会性が影響するという研究も――語り出したら切りがないので割愛する。

「でも、妙な話ねぇ」

と、朔《さく》先輩が眉をひそめている。重大な何かを見落としているように。

「あのロリっ子ヴァンパイア、使命だの責務だのいちいちうるさいし。理事長の娘だっていうんなら吹聴して回りそうなものを、今まで学校のだーれも知らなかったなんて」

学校の誰もと断定するのは、情報通の自分ですら知らなかったのだから、という意味か。敬語が外れているので、誰に向けたわけでもない、独り言の延長だろうけど。

「さ、朔《さく》先輩？　ロリっ子ヴァンパイア呼ばわりは、さすがに……」

母君の御前である。いちいちうるさい、もかなりの放言だし。

冷や冷やしながら理事長を見やれば、「いいのよー」と寛容に微笑《ほほえ》まれる。

「むしろ話が早くて助かるわ」

「助かっちゃうんですか」

「問題の根源はそこにあるの。お父さんやお母さんがどんな人で、好きだとか嫌いだとか、仲がいいとか悪いとか、友達と話す機会がたまにはあったりするはずじゃない？　なのに、あの子は頑として秘密主義者なんだから。変な話でしょ？」

「別に変ってほどじゃ」

僕だって母親のことなんて誰にも話したくないと思っているし。

「会長も考えがあるんじゃないですか？　理事長と親子だってなったらやっぱり、色眼鏡で見てくる人間も現れます。それを避けようと……」

僕のありきたりな推察を、「だったら良かったのにね」と暗に否定する理事長。

「自分を守るためだっていうんなら、私もとやかく言わないんだけど……たぶん、私のためを思って隠しているのよ。ミューデントの認定を受けた、あの日からずっと」

「ミューデントの認定を受けた、あの日から……」

僕は無意識にオウム返しする。気になる言葉だった。僕以上に、獅子原《ししはら》、朔《さく》先輩、氷上《ひかみ》先生は関心を持ったことだろう。過去、彼女たちにも同じくその日があって。まず間違いなく、人生の岐路の一つだったはずだから。

「振り返ると、昔からこうと決めたら揺るがない、正義感の強い子だったわ。おまけに少し思い込みが激しい……女の子なのに、ヒーロー戦隊とか少年漫画が好きだったから。真似《まね》して木の上からダイブしてみたり、よくあちこち擦《す》り剝《む》いて、歯がかけて帰ってきたり。親としては心配が絶えなかった」

「わ〜、ちっちゃい体で勇猛ですね〜」

口元が緩んでいる獅子原《ししはら》。小学生のあどけない会長を脳内イメージしている顔だけど、ロリな彼女の本当のロリ時代って想像しにくかったりする。僕の心を見透かしたわけではないだろうが、「今はちっちゃいけどね」と理事長は語る。

「小学生の頃は平均くらいだったのよ。まさかそこから一センチも伸びないなんて」

「そうです、か……ハハッ」

僕は苦笑い。胃の辺りが痛かった。このエピソードを自分のいない場所で暴露される会長、相当キツイだろうな。一緒に風呂《ふろ》に入っていた年齢を暴露された（かもしれない）人間が言うのだから間違いない。

「そんなあの子がヴァンパイアだとわかったのが、ちょうど九歳の誕生日を迎えた頃」

「九歳、ですか。大分早いな」

「ええ。ミューの認定を受ける年齢って、分布的には八歳から十五歳くらいまでで、結構幅があるんだけど」

「平均値は確か、十三歳と二か月ですもんね」

「大正解。詳しいのね？」

「あ、いえ。大したこと……」

あるかもしれない。平均値を月単位で言えるのはさすがにキモかったか。

「でも、そう。本当に早い時期に発覚したものだから、子供ながらに『私、すごい力に目覚めちゃった！』って思ったんでしょうね。なんといっても『ヴァンパイア』だし。以前にも増してヒーロー気質が強くなったというか……良くも悪くも、自分は人とは違うんだぞって気負うようになっちゃって」

現在まで続く中二病の起源。小学生で発症したのはある意味、早熟といえる。

「すっごいわかります！」

と、全力で共感を示すのは獅子原《ししはら》。

「この能力使ったら戦争止められるんじゃないかとか、ワルモン成敗できそうとか妄想するやつですよね。ウェアキャットですらありましたもん、そういう時期」

あたかも過去を懐《なつ》かしむように言ってるけど。

「見栄《みえ》を張るな。今も若干あるだろ」

「今とは比べ物にならないくらいあったってこと！　最初はそう思わないとやっていけない部分もあるよね。病院行ったら急に、あなたはミューデントですとか言われてさ。学校では変なあだ名付けられて。イジられたり笑われたり。それこそ、自分を守るためにさ」

「……そうなん、だろうな」

僕には想像することしかできないけど。

中学生で認定を受けた獅子原《しし はら》でも苦労したのだから。さらに幼い小学生、心と体の両方が成長しきれていない時期にあった会長は、なおさら難儀だったろう。

「そうね……だからあの子はたぶん、不条理や不利益を受け入れるために、自分は特別な存在だって思い込むことに決めたんでしょう。そのおかげで真《ま》っ直《す》ぐ気丈に生きられたのは確かだけど。すこーしだけ、高飛車にもなってしまったわね」

会長のミュー二病は元々、自己防衛の手段だったと。

ミューデントならみんな、多かれ少なかれ経験があるのかもしれないけど。彼女の場合はそこに確固たる意志が介在しているような気が、僕にはしてしまう。

「元をたどればあの子は、私がいつも口にしている教訓を実践しているの」

すう、と息を吸い込んだ理事長が瞳を閉じる。

「人それぞれ、肌や髪や目の色が異なるように。声が異なるように。何に喜びを感じて、誰のために涙を流すのか異なるように。ミューデントであることも、あなたたちにとって大切な個性。天から授かったそれを誇りに思って生きられる、平和な世界であらんことを」

静かに諳《そら》んじられたそのフレーズに、聞き覚えがあるのは僕だけだろう。すでにキモいと思われているはずなので、かまととぶるのはやめにする。

「国際ミューデント人権機関が掲げる理念、ですか。本部はイギリスにあるっていう」

「えぇ！　知ってるの？　うそー！」

「現代史でチラッと名称出てきます」

「そうだった？　にしても理念まで把握しているのはびっくり……ふふっ、けど。そんなあなたでもこれはきっとご存じないでしょうね」

理事長は誇らしげに人差し指を立てる。

「ズバリ、私はその駐日大使。アンバサダーをやっているの。知らなかったでしょ？」

「……………存じ上げなかったです、はい」

「良かったー。ね、びっくりしたでしょ」

してやったりの顔をされるが、びっくりの意味がまるで違う。

国際機関の大使って、とんでもない殿上人じゃないか。そのとんでもなさを理解しているのが僕だけかもしれないなんて。もったいないにもほどがあると嘆いていたとき。

「……なるほどですね」

得心したように頷《うなず》くのは朔《さく》先輩。

「だからこそ娘さんは、あなたとの血縁を口外していない、と？」

質問の形を取りながらも、ほぼ確信を抱いていそう。

その意図を僕がつかみきれない中、「鋭いわね、あなたは本当に」と、少し悲しそうな目をしている理事長は何を思っているのだろう。

「自分のせいで、私のことを偽善者だと罵る人が現れるのを、あの子は恐れているの」

偽善者——なぜ、この人が偽善者だなんて罵られる？

「人権なんて偉そうにお題目を並べているけれど、本音ではただ自分の娘が可愛《かわい》いだけ。自分の子供がミューデントだから。家族が愛おしいから、それを守りたいだけなんだって……非難される隙を与えないように、気遣ってくれているの。まあ、大使はあの子がミューデントの認定を受ける前からやっていたから、前後関係が逆なんだけどね」

批判したいだけの多くの人間は、そんな正論には耳を傾けない。正しい危惧だと思う。

しかし、なんだろう、この気持ちは。怒りではなく、やるせなさ。

可愛《かわい》くてもいいだろう。愛おしくてもいいだろう。身近にいる誰かを大切にしたいのと同じように、遠くにいる誰かも大切にしたいと思うことが偽善であるはずない。

「そんなこんなで、ちょっと思い込みの激しいあの子は、私の並べるお題目を体現するべく、ミューデントであることに誇りを持って生き。私の言葉が薄っぺらいものにならないよう、親子であることを隠しているわけなの」

なんとなくわかった気がする。会長が背負っているものがなんだったのか。

「会長は優しい人なんですね」

僕はポツリと呟《つぶや》いた。心底からこぼれたその思いを、

「優しいわけないでしょーが。ただの痛い女よ」

真っ向から否定してくるのは朔《さく》先輩。頼むから感傷的なムードを壊さないでくれ——いや、もしかしたらあえて空気を読まなかったのかも。

「ふふっ。ありがとうね、二人とも」

アンニュイな理事長はお茶目な理事長に戻っており。

「と、いうわけで！」

パチン、と合わせた両手の上に浮かぶのは輝かしい笑顔。僕が外交官だったら国益をかなぐり捨ててどんな条約にも「Sure!」してしまいそうな魔法の表情で、

「あなたたちには、娘を呪縛から解き放ってあげてほしいの」

今日の本題。いわば要求を口にする。

「あの子には自分の口から、母親が私であることを打ち明けてほしい。大使の娘だとか、教えに従うだとか、大層なことは考えず。特別だなんて思い込まないで……どこにでもいる普通の女の子、ただの『赤月《あかつき》カミラ』として生きてほしいの」

ひとえに素晴らしいお考えであり、協力したいのはやまやまだったが。

「えーっと………具体的にどうやって？　僕らは何をすれば？」

「方法はお任せするわ」

一番困るやつだった。今どきフリーランス相手でもこんなに雑な発注はしないぞ。

滝沢《たきざわ》に裏アカの特定を頼まれたときに「無茶苦茶ぬかしやがって」と思ったが、よもやそれ以上のモンスターが現れようとは。

これは、アレだな。お力になれず誠に申し訳ありません、またの機会がございましたら是非

――と、僕が脳内でお断りメールの文面を推敲《すいこう》していたら。

「差し出がましいようで恐縮ですが」

口を開いたのは柊《ひいらぎ》さん。今までずっと、唇を結んでいたはずの彼女が。

「私からもどうか、よろしくお願いいたします」

ただ一言、深く頭を下げていた。

文芸部の監視役を通じて何か、彼女が「見極める」と言っていたのが思い出される。

「柊《ひいらぎ》さんが、僕たちのことを理事長に紹介したんですか？」

「はい。ですが、それより以前に会長ご自身で……」

「そうそう、娘から聞いていたのよ。あなたのことを色々ね」

あなたたち、ではなく、あなた。僕はてっきり、朔《さく》先輩を指している――会長と犬猿の仲であることが、耳に入っていたのだろうと思ったら。

「古森翼《こもりつばさ》くんっていう男の子が、並々ならぬ人格者なんだって」

「僕ですか⁉」

「とぼけなくていいわよ。お花、きちんと受け取ってるから」

理事長がウインクしてくる。目尻にはしわ一つない。しかし、僕は困惑するしかなかった。

ハナ、と。会長も言っていたな。隠語めいたワードにあらぬ誤解が生じたようで。

「こ、こーもりくん……さすがに見境なさすぎない？」

「親子同時攻略とか、滝沢《たきざわ》くんもびっくりの守備範囲してるわね」

「待って、おかしい。それは色々おかしい」

仲違《なかたが》いに等しい醜態を晒《さら》しているはずなのに、

「いいトリオね、あなたたち」

理事長からは太鼓判を押されて、

「ええ、顧問の私も鼻が高いです」

なぜかそれに同調する氷上《ひかみ》先生。超然としている一族だ。

「理事長も柊《ひいらぎ》さんも僕らを買いかぶりすぎです。頑固そうなあの会長に、何年も続けてきた生き方を変えさせるような芸当――」

「できるわ、もちろん。できますとも」

鶴の一声とはまさしくこれ。

「謹んでお受けしましょう、そのご依頼」

臆面もなく言い放った朔《さく》先輩を止められる者なんて、今生にはおらず。

――ええ！　大嫌いな赤月《あかつき》会長のために一肌脱ごうだなんて、聖人すぎやしないか？

手放しに称賛する輩《やから》がいるのなら、いい加減学習したまえと説教したい。

「難しく考える必要はないわ、翼《つばさ》くん。だって方法は自由なんだから」

ほら、彼女の顔を見てみろ。嬉《うれ》しくて仕方がないという恍惚《こうこつ》の笑み。私が嬉《うれ》しければ何をやっても許されるのだという、自信に満《み》ち溢《あふ》れた笑み。笑うという行為は本来、聖人などとは程遠い、牙を剝《む》く獣にたとえた人がいるほど。

「要はあの高飛車ヴァンパイアをケッチョンケッチョンに叩《たた》きのめして蹂躙《じゅうりん》して、自分は所詮人の子にすぎないんだってことを、骨の髄までわからせてやればいいだけなんだから」

「もはや犯行予告なんですが⁉」

「うっふっふ……神に感謝するしかないわね。お誂《あつら》え向《む》きに文化祭が近いじゃない。あの女が陣頭に立って指揮をする舞台で、あの女自身の無様な敗北を公衆の面前に晒《さら》せるなんて、最高のショービジネスだわ！」

「なんか壮大な話に……理事長、いいんですか。娘さんの身に危険が迫ってますけど」

「やるからには徹底的にお願いね」

「いいんだ……」

だったら僕がゴチャゴチャ言うのは野暮。一つ確認しておきたいのは、

「占い館はどうするんです？」

「中止よ。もとから毛ほども興味なかったんだから」

本音が出たな。

まあ、確かに。薄暗い部屋で水晶玉やカードをいじっているより、真っ黒な悪行に花を咲かせている方が朔《さく》先輩のあるべき姿かもしれない。

そこからの展開は目まぐるしかった。

以前に舞浜《まいはま》のアルバイト先を一日で特定した例があるように、ひとたびこうすると決めた朔《さく》先輩は普段の怠惰さが嘘《うそ》のように即断即決スピーディ。

会長に敗北を味わわせてやるのだと、依頼にかこつけて私怨《しえん》を晴らすのは結構だが、果たしていかように達成するのやら。

想像するのも憚《はばか》られた僕が全てを忘れて床に就いた、翌日。

「我ながら名案が浮かんでしまったわ」

部室には目が覚めるような笑顔を浮かべる朔《さく》先輩。現実逃避が困難なのを思い知らされた僕は「案ですか」と、控えめに相槌《あいづち》を打っておく。

「イエス。あの女と雌雄を決する方法についてね。ヒントはこの二つよ」

クイズがしたいなんて誰も言ってないのだが。

彼女が右手に持っているのは、『むさしの新聞』と銘打った大判の紙。

見覚えがあった。案の定、見出しは『斎院朔夜《さいいんさくや》、裏選挙を制する』――舞浜《まいはま》に見せられたものと同じ、頒布されることのなかった幻の記事である。

「どこからくすねてきたんです？」

「くすねてない。資料室に忍び込んで拝借しただけ」

「同義です」

「ちなみにこちらも同じ要領で手に入れたわ」

と、戦利品のように左手を差し出す朔《さく》先輩。握られているのはダブルクリップで留められた書類。表紙には『クイーン武蔵台《むさしだい》（企画案）』と題されていた。思い起こされるのは昨日——文化祭でミスコンを開催したいのだと、会長に嘆願していた生徒たち。

「却下された企画ですよね、それ」

「あら、ご存じだった？　ならばおのずと答えは導き出されるでしょう」

「全然。いったい何をするつもりなんです？」

「んもーう、しょーがないわねぇ」

冗長に自画自賛を交えながら、朔《さく》先輩はクイズの答えを教えてくれた。たぶん、マジックショーで人を驚かすことよりもその種明かしに幸福を覚えるタイプ。

素人《しろうと》の僕は口を挟まずオーディエンスに徹したが、壮大なイリュージョンであればあるほど種を明かされても理解が及ばないもの。

「——という計画なんだけど、どう？　天才的でしょ」

ドヤ顔の朔《さく》先輩。僕からすれば天災に見舞われた気分。

「……正気ですか？」

「正気を疑う要素、ある？」

「実現不可能ですよ。まず圧倒的に時間が足りない」

「余裕で足りまーす。リミットは文化祭の当日……最悪、一般公開される二日目に間に合えばいいんだから、まだ五日間も残っているわ」

「五日間しかない、の間違いでしょう」

「ま、急ぐ必要はあるわね。その点はすでに真音《まおん》さんにも説明済みで、人海戦術を講じるつもりだからご安心を」

働き者だな、あいつ。いや、他人事《ひとごと》ではない。

「だから翼《つばさ》くんも死ぬ気で働いてね♡」

「あなたもそうするんなら、やぶさかではないですが」

「もちろん。一緒に頑張りましょう？」

「……仕方ないなぁ」

駄目でもともとやってみよう。

地獄の五日間を予期していたが、幸いトントン拍子に事は運んで——

文化祭、三日前。

いよいよどこの準備も大忙しに大詰めを迎えている最中、水面下ではとある大掛かりなプロジェクトが進行しており。

「たのもーう!」

道場破りのごとく、朔《さく》先輩は扉を勢いよく開け放つ。

「ちぇすとー!」

獅子原《ししはら》は謎めいたかけ声でそれに続き。

「……失礼しまーす」

申し訳ない気持ちでいっぱいの僕が後詰めを務める。本当に申し訳ない。

押し入ったのは剣術道場ではなく平凡な生徒会室。おまけにミーティングの最中だった。生徒会の役員の他に、文化祭の実行委員も揃《そろ》っている。

行儀よく席に着いていた二十名ほどは、

「な、なんだ?」「示現流?」「ノックもなしに失礼な」「アポもないわ」「常識が一番ない」

一挙にざわつき始める。困惑しながらも口々に非難を向けてくる中、うっすら笑みさえ浮かべている女子が一人。舞浜《まいはま》だった。なんか面白そうなことやってるねーという顔だが、好意的なリアクションを取るのは彼女くらい。

「騒ぐな」

殊更に語気を荒らげたわけでもないのに、それだけで水を打ったように静まり返る。

一言で集団を統率した会長は上座で腕組み。露骨な怒りのオーラは感じられないが、煙たがるようなため息を一つこぼした。

「何の用だい、文芸部の諸君。いや、斎院朔夜《さいいんさくや》。今は文化祭当日のスケジュールを詰めている最中で、貴様の相手をしている暇は……」

「ああ、そうなの。だったらちょうど良かったわ」

バサリ、と。持ってきた紙の束を、手近なテーブルの上に置いた朔《さく》先輩。

「これもプログラムに加えてもらえる？」

「なんだそれは」

怪訝《けげん》な顔をしている会長の隣――副会長の柊《ひいらぎ》さんが静かに腰を上げる。書類を回収した彼女は自分の席に戻って、「どうぞ」会長にそれを手渡した。

「何かと思えば………クイーン武蔵台《むさしだい》、ね」

表紙だけ見て笑い飛ばす会長。

「この企画はとっくの昔に却下され――」

「添付してある物をよく見なさい」

朔《さく》先輩の言葉に、「添付？」会長は怪訝《けげん》な顔のまま書類をめくっていく。

その手が途中で止まる。同時に、訝《いぶか》しむ以外の感情が表に出た。

「クイーン武蔵台《むさしだい》の開催を求める署名、だと……」

表題は会長が口にした通り。あとはびっしり、生徒直筆の名前で埋まっている。次の一枚も、そのまた次の一枚もずっと。

数にして優に五百人分を超えている。

「全校生徒の過半数に達したから、とりあえず持ってきたんだけど。続行すればまだまだ増える余地はあると思うわよ」

大言壮語に思えて、誇張は一切ないのだから恐ろしい。

知名度の高い朔《さく》先輩が旗振り役とはいえ、結局のところ実働人員は僕、獅子原《ししはら》、ついでに滝沢《たきざわ》とその友人が数名いる程度。絶望的に手数が足りなかったため、全校生徒の過半数なんて夢のまた夢だと思っていたのだが。

驚くことに、始まってみれば加速度的に署名は増えていった。それもそのはず、署名をする側だった生徒が次々に協力を申し出て、署名を集める側に回ったのだから。斎院朔夜《さいいんさくや》、ひいてはサキュバスのカリスマ性が成せる業——なんてことは全然なく。

本当は心の中でみんな、こういうイベントに飢えていたのだと思う。

今の時代に合っていない、障害が多すぎる、やれるわけがない。そういう建前を理由に諦めながら、本音では思っていたんだ。やれたら絶対楽しいのに、どうしてやらないんだろう。障害があるなら、乗り越えればいいじゃないか——と。

「なるほど……ここ数日、何かゴチャゴチャやっている気配があったのは、これか」

私も焼きが回ったかな、と落ち込んだ様子の会長だけど。僕たちの動きに感付いてはいたようだ。署名活動の性質上どうしても、まるっきり水面下とはいかず。

たぶん水上に見切れるギリギリくらいまで浮上していたが、それでもなんとか生徒会の目を盗んでこられたのは、柊《ひいらぎ》さんが執行部の動きを都度リークしていたから。組織のナンバー2が内通者だとは誰も疑うまい。

「わかったでしょう？　これが生徒たちの正しい声なのよ」

勝ち誇ったように朔《さく》先輩は言うのだが、この程度で折れる相手なら苦労はしない。

「数が数だ。一定の評価はしよう」

会長は案の定、「しかし」と強い語調で継ぐ。

「遅すぎる。今さら新しい企画をねじ込めるわけがない」

「あーら、やる前から弱気？　自信過剰なヴァンパイアらしくないわね」

「自信でどうにかなる問題ではなく。この企画を実施するとしたら、運営に新たな人員を割かねばならないし、会場も新たにセッティングしなければいけない。コンテストなら審査員と出場者も必要だろう。最低限これらを用意できる見通しがなければ……」

「すいません」

恐る恐る、僕は手を挙げる。事前の打ち合わせ通りに。

「その点は僕から説明しても？」

「……好きにしろ」

「ありがとうございます。運営については、元々この企画案を提出していた生徒三名が協力を約束してくれていますし、他にもボランティアの当てが何人か。もちろん僕や獅子原《ししはら》も手伝うつもりですので、人数的には余りが出るくらいかと」

無言の会長から、続けろという目を向けられる。

「会場は体育館を使えばいいんじゃないですか。セッティングなんて贅沢《ぜいたく》は言わないので舞台はそのまま、観客用に椅子だけ置いてあればいい。なければ地べたに座るってことで」

再度、続けろという目。

「審査員は特定の誰かじゃなくって、観客の全員にやってもらう。シンプルに一人一票で得票数が多かった者の優勝。審査方法についてはその企画書にある通り、容姿を基準にするのではなく内面のアピールを予定——」

「出場者はどうする？」

僕の言葉を遮る会長。御託はいらんという風に。

「今から募集するとでもぬかすんじゃないだろうな。賭けてもいいが、立候補する者なんて一人たりとも現れないし、スカウトや他薦なんて迷惑がられるだけだ」

そう、はっきり言って他はどうとでもなる。ミスコンの開催において、それも生徒数がさほど多くない高校において、最大のネックとなるのは――

「畢竟《ひっきょう》、私がミスコンを非現実的だと断じた理由はそこにある。進んで優劣を付けられたい人間なんてそうそういない。無様に敗北するリスクを背負ってまで、後ろ指を指されてまで悪目立ちしてまで一番の称号を勝ち取りたいなんて、現代ではナンセンス……」

「ここに一人いるわ」

「…………なに？」

意表を突かれたのは会長に限らず、他の生徒会のメンバーや実行委員たちも同様。

ざわっ、と。驚きが声にならない声となって広がる。

「私が出場者になってあげるって言ったの」

朔《さく》先輩の宣言に、初めてだった――会長が気圧《けお》されている。

「貴様、目的はなんだ？」

「だからあなたも出場しなさい」

「…………」

「決着をつけましょうよ、今度こそ。裏じゃなくって、表の舞台できっちりね」

何をもって裏で何をもって表なのか。触れることはなかったが、触れずとも理解できただろう。少なくとも意味がわからないと首を傾《かし》げている者は一人もおらず。

空気が、期待を寄せるような色に変わったのは幻覚ではない。

「何を言っているのか、さっぱりだが」

それを振り払うために、会長も態度を変えるのがわかった。こいつのペースに乗せられてはいけない、と自戒するように首を振っている。

「元より、クラスと部活の代表者が投票して、否決されていた案だ。結論は曲げられない」

揺るがない基準を持ち出すのは守りに入っている証拠。こうなると強いのはあちらで、どうなるかは未知数。朔《さく》先輩は任せなさいと言っていたけど……

「あらあら、半数以上の生徒が支持している事実は無視？」

「どちらを優先すべきか、という話だろう。たとえばアメリカの大統領選でも、最も得票数が多かった候補ではなく、代表たる選挙人の支持が多かった候補が当選する。現行の規則がそうなっているのだから従うまで。加えて、だ」

会長は、手にしていた書類をテーブルに置く。価値がないものだと言うように。

「この署名が真の意味で民意を代弁するとは、私には思えなくなってきた」

「まあ、どうして？」

「貴様に扇動されて、いわば口車に乗せられるまま名前を書いた者が、一定数以上いると言いたいんだ。端的に表現すれば、貴様の信奉者の署名にすぎない」

「それを言ったら、あなただって代表者の意思を誘導したんじゃない？」

「なんだと？」

「生徒会長サマの顔色を窺《うかが》って、みんなこの案に反対票を投じたんじゃないの」

「言いがかりはよせ！」

気色ばむ会長。ペースを乱されている兆候にほかならず。

「加えて、よ。あなたは何もわかっちゃいない。本当に私のファンばかりが、このミスコンの開催を望んでいると……本気で考えているようなら、それこそ民意を履き違えているわね」

煽《あお》り立てるのではない、事実を提示するように朔《さく》先輩は言った。

「わけの、わからないことを……」

会長が言葉に詰まる。

わずかな沈黙が生まれた、そのときだった。

「やりましょう、会長」

耳に入ってきた声は、誰の物だろう。生徒会の役員なのか、実行委員なのか。

どこから上がったのかもわからないほど微《かす》かな声だったが、しかし、たった一人の見せた勇気が、この場にいる人間の意思を代弁していることはすぐにわかった。

「俺たちの会長が一番なんだってところ、見せてください！」

「永遠の敗北者なんて陰口叩《たた》いてる奴《やつ》ら、黙らせたいんです！」

「こんなチャンス二度とありませんよ？」

「白黒はっきりつけて、私たちの世代の総決算にしましょう！」

「お、お前たち……」

溢《あふ》れる言葉は違えども、突き詰めれば一所に思いは集約されている。

会長へ寄せる全幅の信頼――彼らもまた信奉者なのだ。会長にだって当然、信者はいる。

彼女は堅物で、正論で、常に壁となって立ちはだかる権力の象徴で。それに楯突《たてつ》く朔《さく》先輩は革命児さながら、ともすればかっこよく見えてしまいがちだが、やっていることは所詮テロリストと大差ないのだから。

どちらの正義に惹《ひ》かれるかなんて蓼《たで》食う虫も好き好き。ファンもアンチも傍観者さえも巻き込んでミスコン待望論に行き着いた。

「お、落ち着け。安い挑発に乗るのは愚の骨頂……」

腰の引けている会長の一言に、群れを統率するほどの力はない。裏を返せば統率されるまでもなく、すでに一丸となっていたのだ。

我らが会長の最強を証明したい――と、彼らの瞳は訴えかけている。

「し、しかし、スケジュール的にカツカツ……他のプログラムを中止にしろと？」

この期に及んでもあくまで、正当に逃げ道を作ろうとする会長だったが。

「二日目の最終演目として、やればいいじゃないですか」

それを正当に塞いでしまうのが優等生たる舞浜《まいはま》。他の生徒たちが沸き立つ中、彼女だけは平静を保っており。

「ちょうど六十分、予備時間として確保してありますよね？」

「それは必要な余白だ。不測の事態で遅れが生じた場合、軌道修正するため……」

「じゃあ、滞りなく進められるように全力を尽くしましょう。万一遅れが生じたら、その都度進行を見直して、巻きで行けそうなところは巻きで全体を修正する。各所各員、連携連絡は密に取って……まー、大変になるのは確実だけど。みんな、頑張れるよね？」

「余裕で行ける！」「頑張りましょう！」「ってか大トリじゃん！」「腕が鳴るぜー！」

舞浜《まいはま》の問いかけに意気込みで答えるメンバー。情熱に突き動かされた巨大な塊は文化祭マジックの力も相まって制御を逸脱。自壊するまで止まることはない。

賽《さい》は投げられたといっても過言ではなく。それでもやはり勢いに流されるのはプライドが許さなかったのだろう。

「柊《ひいらぎ》。君ならどうする？」

腹心に尋ねた少女は、最後の一押し、この奔流に自らも呑《の》まれる口実を欲《ほっ》して見えた。

――是が非でもやるべきです。

敵方と通謀している柊《ひいらぎ》さん（すまん会長）は食い気味に答える、と思いきや。

「会長の判断にお任せします」

情緒の乗らない声でいつも通りに言うのだから、僕は少し焦《あせ》ったけど。

「柊透子《ひいらぎとうこ》がどう思うか、私は聞いているんだ」

杞憂《きゆう》だったらしい。彼女たちにとってはそれが既定路線、つうかあのやり取りなのだ。柊《ひいらぎ》さんには依然として感情らしい感情は見受けられなかったが。

「負けないでしょ？　カミラなら」

「……ああ。それもそうだな」

瞬間、会長の心も決まるのがわかった。

感情よりも感情的な何かで二人は通じ合っているように思えた。


文化祭、二日前。

本日から授業は全てキャンセルされ、残りの作業が急ピッチで進められる。誰もが準備やリハーサルに余念がない中、にわかにトレンドに挙がっているのは——

「ねえねえ、聞いたー？　例のミスコン、十何年かぶりに復活するんだってさー」

「マジかっ。頭の固い生徒会長がよくオッケー出したもんだな」

「オッケー出したどころか、会長さん自ら出場して優勝を狙いに行くらしいよ」

「はぁ？　なんだそりゃ？」

「しかも対抗馬はあの斎院朔夜《さいいんさくや》先輩。サキュバスVSヴァンパイア、夢の対決が実現するの」

「はぁー!?　なんだそりゃー!?」

面白すぎるだろ、という歓声があちこちで上がっていた。

クイーン武蔵台《むさしだい》の開催が公式にアナウンスされたことで俄然《がぜん》活気付く。

意気揚々と広報活動に飛び回っている獅子原《ししはら》を見て、このシチュエーションを楽しめる人間って本当に勝ち組だと思った。

負け組の僕にできるのは憂鬱に浸るくらいだが、いくら憂えても渦中《かちゅう》に放り込まれている事実は覆《くつがえ》せない以上、歯車の一つとして働くほかない。

ゆえに僕は考える。今すべきことを。

机上の空論じみていた朔《さく》先輩の目論見《もくろみ》――クイーン武蔵台《むさしだい》の開催を承認させた上で、会長自身をその出場者に引きずり込むという、最大級の関門を突破できたのは御の字だが。本番はまだこれから。ミスコンは手段（及び朔《さく》先輩の私怨《しえん》）にすぎず、達成目標はあくまで『赤月《あかつき》カミラを呪縛から解き放つ』こと。

具体的には以下の二つ。

①　カミングアウト部門……母親との関係を打ち明けさせる

②　ミュー二病治療部門……自分は普通の女の子だと認識させる

一見すればミスコンなんて達成方法になり得ないが、そこにもきちんと目論見《もくろみ》が用意されており……朔《さく》先輩の悪賢さは折り紙付き（?）なので、カミングアウト部門については問題ないと踏んでいる。不安があるとすれば治療部門の方。

曰《いわ》く「無様に敗北すれば嫌でも普通の人間だって思い知るわ」とのこと。確かにただの中二病なら多少は効能ありだが、厄介なことに彼女はミュー二病。おまけに相当拗《こじ》らせているケースで、「闇の眷属《けんぞく》は敗北を知って真祖に至る！」とか自分ルールを発動してもおかしくない。

ミュー二病に一家言ある僕が言うのだから間違いない。

加えて、これは朔《さく》先輩の勝利が前提。勝負事が水物である限り、試合に負けても勝負にだけは勝てるよう、保険をかけておくに越したことはない。

——と、いうわけで。

「カミラについて聞きたいこと？」

僕は単身、校内の最果て——理事長室を再び訪れていた。

急な来訪にも快く対応してくれたミシェル理事長は優しさの塊だが。

「なるほど。あの子を一人の女として見てるってわけね？」

なんでちょっと嬉《うれ》しそうなんだ。

「違います。ヴァンパイアの体質に関する件です」

「あら、そう。答えるまでもなく熟知していそうだけどね、古森《こもり》くんは」

熟知にはほど遠いけど独学レベルの知識はあって、だからこそ生まれた疑問。

「変な質問で恐縮なんですけど、娘さんがよく飲んでる血液って——」

知らぬは一生のなんとやら。

顰蹙《ひんしゅく》を覚悟で割と立ち入ったことを聞いてみたのだが。

「ふふっ……あははっ……」

普通に笑われてしまった。不快感は与えなかったようでホッとする。

だが変なツボに入ったのか、あるいは笑いの沸点が低いのか、理事長はレザーチェアの肘掛けをつかんで笑撃に耐えていらっしゃる。

「震えるほどでしたか？」

「だってあなたがそんな、すごい深刻そうな顔で聞いてくるから」

「万が一、地雷を踏むパターンを想定したんです」

「ごめんなさいね、素晴らしい配慮だったわ。でも、心配ご無用。これについてはホントにただただアホらしいだけ……笑われてもおかしくないのはあの子の方なんだから」

良かった。本当に深刻だった場合、保険として利用するわけにはいかなかったから。

「でしたら一つ、理事長のお力添えを賜りたく」

「まあ、私なんかで良ければじゃんじゃん力を貸すわよ」

「助かります。おそらく依頼の成否にも関わることで――」

一生徒にすぎない小僧が、学校法人の経営トップにお願い事をするなんて。

どの面下げてという感じだったが、そもそも無理難題を押し付けてきたのは向こうなんだから罰は当たらないだろう。

朔《さく》先輩を見習って厚かましくなろうと決める僕だったが。

「わかったわ。じゃ、今すぐ実行に移しましょう」

「えっ！　今すぐ？」

「知り合いに話を通しておくわ。車も出してあげるから校門で待っててね」

「えぇっ！　お車？」

さすがにそこまでお世話には、という言葉をギリギリ飲み込む。

「ど、どうも、ありがとうございます……」

厚かましく生きるのも存外、心労が絶えないのを知った。


英国淑女から「車を出す」なんて言われれば、庶民代表の僕としては多少なりとも期待するわけだが。校門の外で待機すること数分、現れたのはファントムでもゴーストでもない国産のセダン。燕尾服《えんびふく》の執事が運転していることもなく。

「やあ、待たせたてしまったかな」

白衣の美人が運転席に座っており、ウインドウを開けて僕に声をかけてきた。

「氷上《ひかみ》先生？」

「とりあえず乗りたまえ」

勧められるまま助手席へ乗り込んでシートベルトを装着する。

間もなく公道を走り出した車内にて。

「あの、どうして先生が？」

「叔母様から話を聞いてね。今こそ他でもない、文芸部の顧問である私の出番だと言われてしまえば、馳《は》せ参《さん》じるほかないだろ」

「物は言いようですね」

顧問といっても普段はほぼ仕事がないし、これでいて頼られたい願望が強い氷上《ひかみ》先生（現に鼻歌交じりで運転中）なので、適材適所かもしれないけど。

必須の確認事項が一つ。

「昨晩飲んだお酒、残ってたりしません？」

「大丈夫だろ。もう昼過ぎだし」

「出勤時はどうしてるんですか……これ、あなたの車でしょ」

「冗談を真に受けるな。そもそも昨日は飲んでない」

「へー、珍しいですね」

「体を壊して顧問を続けられなくなったりしたら、君たちに迷惑をかけるしね。最近は休肝日を設けるようにしたんだ」

「大変よろしいことだと思います」

顧問なんて抜きにして、彼女には長生きしてほしいものだ。

「というか今って本来、文化祭の準備に勤《いそ》しむべき時間なんですよね。みんながせっせと働いている中、ひっそり学校を抜け出す僕って……」

「それも若い女教師と一緒に。一夏のアバンチュールになりそうだな」

「捕まるのはあなただけですよ、年齢的に」

「いいねー、ワクワクしてきた。夏にぴったりのＢＧＭかけておこう」

赤信号で停まったところで、氷上《ひかみ》先生はカーオーディオをいじった。流れるのは男性ボーカルのアップテンポな曲。世代ではない僕すら聴いたことのある、出すとこ出してたわわになりそうな往年の名曲だった。

現在、六月初旬。海辺でナマ足を晒《さら》すには少し早いとはいえ、近年の日本では十二分に夏らしさを味わえる気温。暑さや日光が天敵の雪女にとってはつらい時期だと思われるが、意外にも氷上《ひかみ》先生は機嫌が良さそう。

「夏うたなんて入れてるんですね」

「驚いたかい」

「少し。失礼ながら、夏にはあまりいい思い出なさそうなので」

「ご想像の通り散々だが、最近は悪くない季節かと思い始めている」

「心境の変化でも？」

「変化、というほどではないけど。ふと思ったんだ。この体で過ごせる夏は、もしかしたらもう来ない。今年で最後になるのかもしれない、とね」

「最後、ですか」

「来年には三十だからな、私も」

氷上《ひかみ》先生の横顔には、喜びも悲しみも浮かんでいなかったけど。曲が終わり、次の曲が流れるまでの一瞬の静けさが、何か意味を持っているように感じられてしまう。

第二次性徴期に発生するミューデントの症状は、三十歳を過ぎる頃まで続いた末、ある日パタリと消える。発症同様に数年の幅は見られるが、等しくその日は突然やってくる。それが喜ぶべきことなのか、悲しむべきことなのかはわからない。

ただ、いくらもとに戻るだけとはいえ、十五年や二十年も付き合ってきた自分の体に再び変化が生じるのは、当事者からすれば負担が大きい。あまり議論されていないが、元ミューデントに対するアフターケアは重要な課題だろう。

「神話《ミュトス》の申し子も、三十過ぎればただの人ってわけさ」

「もとからただの人でしょう」

氷上《ひかみ》先生は声を上げて笑った。

「それもそうか。だからこそ君は、こんなことに一生懸命なんだもんな」

「こんなことって？」

「ロリっ子ヴァンパイアの性格矯正」

「表現が十八禁なんですよ」

「ま、叔母様の許可が出てるんだ。辣腕を振るってくれたまえ…………よーし、着いたぞ」

ほどなくして目的地に到着。駐車場で車を降りた僕たちは隣接する施設に向かう。

建物には大きく『武蔵台《むさしだい》総合病院』と書かれていた。


『みなさん、本日までお疲れさまでした。ここからは全力で楽しみましょう！』

実行委員の激励が校内放送で流れ、他の教室も含めて拍手が巻き起こる。

いつもとは装《よそお》いの異なっている教室——盆栽や和傘や掛け軸のパワーもあって、すっかり和風喫茶の様相を呈している中でそれを聞いていた僕は、クラスメイトの真似《まね》をして形だけでも手を叩《たた》いておいた。せっかくの開会宣言に水を差したくはない。

怒濤《どとう》の一週間を乗り越えて、とうとう迎えた文化祭の当日。

とはいっても、気分的には最後の休息。あるいは嵐の前の静けさか。

武蔵台学院《むさしだい》の文化祭は二日間にわたって開催されるが、毎年一日目は校内のみで細々と実施されている。一般公開して客を入れる二日目の予行演習に近いわけだが。

それ抜きにしても、今年の僕は『明日こそが本番』という意識が強かった。

無論、クイーン武蔵台《むさしだい》が大トリに控えているから。

やれることはやったので成功しようが失敗しようが悔いはない。当日の進行でグダったらどうしようとか、他のプラグラムが押しまくって「十分しか時間ありません！」とかなったら終わりだぁ——と不安は絶えないが。

悩んでも仕方ないので、そこら辺はいったん忘れよう。

「はーい、五百円ちょうどお預かりします。ありがとうございましたー」

会計、オーダー、盛り付け、配膳、下膳、清掃、エトセトラ。

僕がカフェ店員と化してから、どれくらい時間が経《た》っただろう。幸いにも業務は忙しく、明日のことで不安になっている暇なんてなかったが。

「古森《こもり》くん、馬車馬のように働くんだね」

と、いつからだろう。引き気味の視線を向けてくるのは舞浜《まいはま》。シフトが同じで一緒に店員をやっている彼女は、獅子原《ししはら》が試着していたのと同じ衣装を着ていた。

「馬車馬ってお前、ひどい言い草だな」

「ホントのことだもん。もしくはマグロだよ。さっきから一瞬も止まってないじゃん」

「それは客の数が多いから……」

「多くないって。一般開放されてないんだから。単に古森《こもり》くんが働きすぎて他の店員さんの仕事を奪っちゃってるの。全然予行演習になってないんだ。わかる？」

やけに早口。笑いながら怒っているときの舞浜《まいはま》だった。

見れば確かに、他の店員は思いっきり雑談に興じていた。スマン、お前らの仕事まで奪ってしまい……という視線を送ったら。

「心配すんなー。楽できて助かってるぞ、俺たちは」

ああ、良かった。その言葉に僕は救われたのだが。

「暇ならテーブルでも拭いたらどうかなー？」

「は、ハイ！」

舞浜《まいはま》から笑顔の圧を飛ばされた彼は大急ぎで台拭きを手に取る。大して汚れてもいなかったテーブルがピカピカに磨き上げられたころ。

「古森《こもり》くんと碧依《あおい》ちゃん、そろそろ上がっていいよー」

シフトの交替時間になったらしいので、速やかに着ていた衣装を引き継いだ。ちなみに男性用は作務衣《さむえ》っぽいデザインになっている。

「働いたなー……」

廊下に出て伸びをする。立ち仕事はきついと実感させられた。おかげで明日のことを考えずに済んだが。

「あ、良かったー。古森《こもり》くんまだいて」

と、制服に着替え直した舞浜《まいはま》が遅れて出てくる。

「僕に何か用でも？」

「うん、一緒に周ろうよ。他に約束とかなかったら」

「ないけど……」

「ないけど、なに？」

「なんでもない。行こう」

僕はなるべく、視線を遠くに固定して歩き始めた。

廊下には、舞浜《まいはま》のシフト終わりを待ちわびていたと思《おぼ》しきハイエナが多数たむろしていたような気もするが、本当に気のせいだったということにしておこう。朔《さく》先輩や赤月《あかつき》会長のせいで忘れがちだけど、彼女も十分な知名度と人気を誇っている。

「行きたいところあるか？」

隣につけてきた舞浜《まいはま》に尋ねる。

「んー、特定の場所じゃなくて、ブラブラ全体を見て回りたいかも。明日、遅れが生じて調整が必要になったとき役に立ちそうだからさ」

「真面目だな。さすが優等生」

「クイーン武蔵台《むさしだい》、私も成功させたいの！　それから、優等生の称号はとっくの昔に返上しておりますので悪《あ》しからず」

「そうだったな」

以前の裏アカ騒動を指しているのだろうけど。

実を言えばあれ以降も舞浜《まいはま》の人望は衰えておらず、周囲としては未だ優等生のまま。悪い遊びをしていた噂《うわさ》が思ったほど広まらなかったのか、彼女に対する評価はその程度で揺らぐほどチャチではなかったのか。真相はわからないけど、僕からの評価も変わらず優等生――むしろ今の舞浜《まいはま》の方が好きだったりして。

「ん、どうかした？」

「いや、悪いな。生徒会には迷惑かけて」

「まー、急に押し掛けてきたのにはびっくりしたけど。すごいよね、斎院《さいいん》先輩は。あんなゲリラライブみたいな方法で会長にオッケー出させちゃうんだから」

「出してもらえる確証はなかったはずだぞ」

少なくとも僕は無理に決まっていると思っていた。勝負だとか決着をつけるとか。そういうことに対するみんなの熱意が、まさかこんなにも強大だったなんて。

「わからないもんだよな。朔《さく》先輩も、会長も、舞浜《まいはま》だって似たようなもんだけど……」

「私も？」

「人気者で、キャーキャー言われて、すでに大勢の人たちから愛されてるはずなのに。それでも全然、満足してない感じがするっていうか……常人にはわからない、こいつだけには勝たなきゃいけない！　みたいな感情があったりするのかな？」

雲をつかむような僕の話にも、

「うーん。勝たなきゃいけないとかは、私にもわからないけどさ………」

舞浜《まいはま》は真面目に回答したいらしく、えらく間を空けてから言う。

「不特定多数のみんなに愛されているのが、イコール幸せかって言われたらそれはちょっと違う気がするね。それよりも特定の誰か……斎院《さいいん》先輩にも赤月《あかつき》会長にも、心の中にはいるんじゃないのかな。一番この人に愛されたい、この人に認められたいって思う相手が。だから他の人にいくら評価されても、代わりにはならないっていう」

贅沢《ぜいたく》な生き物だよね、と。

自嘲するようにこぼした舞浜《まいはま》は、自分の体験談を語っているように見えた。

「ま、お祭しの通り。私にもいるからよくわかるんだ。近いんだけど遠い、昔からこの人にだけはずっと……っていう相手がさ」

認められたい人。愛されたい人。この人の特別になりたいと思う。

舞浜《まいはま》が裏アカで承認欲求を拗《こじ》らせた理由は、元をたどれば母親の一言がきっかけ。

『うちの子は普通です、人魚だなんて呼ばないでください』

その母親に認められたい一心で、足掻《あが》いてきたのだろう。今もきっと。

「あ、ちなみにその人って、残念ながら古森《こもり》くんのことではないからね」

「言われなくてもわかってる」

「ホント？　一瞬期待しなかった？」

「僕の勘違いしない体質を舐《な》めるな」

「長所みたいに言ってるけど、たぶんそれ損してることの方が多いと思うな」

「ほっとけ」

頑張れよ、舞浜《まいはま》――とか他人事《ひとごと》みたいに思うのはいい加減やめにしよう。

僕も彼女を見習って、少しは頑張らなきゃいけないときが来たのだろう。


文化祭の二日目は、突き抜けるような快晴だった。

体育祭と違い雨天決行だが、外にも露店は出るので晴れるに越したことはない。何より来場者からすれば、足元が悪いのといいのとじゃ大違い。日曜日のため、生徒の家族や近隣住民も多く足を運ぶと思われる。

かくいう我が家にも、来場するのが確定している奴《やつ》が一名。

「はー、楽しみだなー。お兄ちゃんとこの文化祭、行くの楽しみだなー」

休日なのに珍しく早起きしていた妹――古森乙羽《こもりおとは》（中学三年生）は、朝ご飯を食べている僕の横でこれ見よがしに独り言を呟《つぶや》いていた。

「去年は季節外れのインフルにかかって、行けなかったからなー。憧れるよなー。二つとか三つとかしか違わないけど、高校生って超大人に見えるもんなー」

「謎の説明口調だな」

「本物のギャル、生息してたりするのかな。してるよね、ね、お兄ちゃん？」

「本物のギャルとは？」

「うんとねー。校則にビクビクしないで髪をがっつり染めててー、スカートの丈がこーんな短くってー、ブラウスの胸元パッカーンでー、テストは赤点ばっかりで進級が危ういの！」

「良かったな、僕の友達に一人いるぞ」

「あっはっはっ。見栄《みえ》張らないでもいいよ？」

「いや、本当に。仲もそこそこいい……」

「お兄ちゃんなんかと仲良くしてくれてる時点でそれは本物のギャルじゃないの！」

ここまで来ると偏見か。高校生に対する理想が異常に高い妹だった。

朝食を食べ終えた僕は食器を洗って、制服に着替えて、いつもより軽めの鞄《かばん》を持ったら準備万端だったが、やり残したことが一つだけあり。

「おーい、乙羽《おとは》」

「ん、なになに？」

僕は玄関先で妹を呼び寄せて、鞄《かばん》に入っていた冊子を手渡す。

「文化祭のパンフレットだ」

「おっ！　気《き》が利くねー」

「学校でも配ってるけどな」

「いえいえ、事前にプログラムとか確認しておきたいし…………ん？　二冊あるみたいだけどこれ、同じやつ？」

「ああ。もう一人にも渡しておいてくれ」

父親が出張中の現在、我が家にいるのは妹と猫一匹の他、深夜に帰ってきて現在は就寝中である三十四歳の美容師だけ。

もう一人、だなんて。他人行儀な言い方になってしまったけど、そこはさすがに血を分けた兄妹《きょうだい》、言葉にしなくても伝わるものがあったらしい。

「ほう。なるほど、理解……お母さんも連れて行けばいいんだね？」

「無理にとは言わない」

「無理にでも連れて行くっての。だってそういう意味でしょ」

「……かもな」

「だいじょーぶ。お兄ちゃんとか朔夜《さくや》お姉ちゃんに会いに行くわけじゃないんだから、適当に遊んで学校の雰囲気味わっておくよ！」

「それでいい。ありがとう」

気遣いのできる妹を持って本当に良かった。

こんなことで何かが変わるわけじゃないけど、何もしないよりはマシだと思いたかった。


一日目同様、実行委員の校内放送で幕を開けた文化祭二日目だったが。

一般開放されているだけあり、校内は昨日と比べ物にならない人口密度。かき入れ時のランチタイムは客を捌《さば》くのが大変そう——とはいえ、僕は今日のシフトに入っていない。ミスコンの運営に関わっていることもあり、クラスの連中が気を使ってくれたのだ。ありがたい一方、絶対に失敗できないプレッシャーも感じる。

クイーン武蔵台《むさしだい》は最終プログラム。午後三時に開催予定となっている。

元より人込みを苦手とする僕は、運命の時が来るのをゆっくり待つのみ。何もせずにボーっとしている気満々でいたのだが。

「はー、やきそば美味《おい》しかったねー、こーもりくん」

「そうだな」

「たこ焼き美味《おい》しかったねー」

「フランクフルトもから揚げもクレープもたい焼きもチョコバナナも美味《おい》しかったな」

「次はどこ行く？」

「どこにも行きたくないよ！」

叫んだ次の瞬間、僕はおえっとえずいた。祭りの料理はえてして油分が多い。もちろん一品や二品なら気にならないが。

「大丈夫、こーもりくん？　気分悪そうだけど」

「当たり前だろ！　もう何時間周ったと思って……」

朝から獅子原《ししはら》に連れ回されて疲労困憊《ひろうこんぱい》。下手すれば飲食系はコンプリートしている。控えめに言って何も口に入れたくない。茶色い物は目にも入れたくない。

このまま歩き回っていたらリバースしかねないので、僕は休憩所として開放されていた教室のテーブル席に項垂《うなだ》れる形で飛び付いた。

「文化祭の休憩所で休憩する人、ホントにいるんだ」

悠々と隣の席に座ってきた獅子原《ししはら》。僕とほぼ同じ量を胃袋に収めているはずなのに。

「お前、大食いの特技でもあったのか？」

「ふっふっふ、実を言えばあたしも無理してたね……うっぷ」

「なぜ地獄の文化祭巡りを？」

「しょーがないでしょーそりゃー。昨日はいくら捜してもこーもりくん、見つからなかったんだから。今日でたっぷり取り返しておかないと」

朝も聞かされた言い分。何回聞かされても「取り返す」の部分がわからない。

「だから、見つからなかったのは舞浜《まいはま》と周っていたからで……」

「あっそ。碧依《あおい》ちゃんと何軒くらい周った？」

「数えてない。今日の方が多いのは確実だ」

「おっけー。じゃー取り返せたかな」

一応、納得したらしい。いったい何を奪われていたのやら。

「ま……今さらジタバタしたって、雲の上の人にはおいつけないんですが」

「なんだって？」

「なんでもありませんよー。ただ、斎院《さいいん》先輩すごいなーって思っただけ。あたしだったらあんな風に堂々と、『ミスコン出まーす！』なんて啖呵《たんか》切れないもん」

「啖呵《たんか》は抜きにして、お前が出ても別に変ではないと思うけど」

「はぁ〜？　ないない。柄じゃないし、そういうの」

結構真面目に言ったのだが、謙遜ではない本気の否定が返ってくる。僕からすれば獅子原《ししはら》も十分人気者で愛されているのに、満足はしていない感じ。彼女も誰かの特別になりたくて試行錯誤しているのかも。それが誰なのかは知る由《よし》もない。

数メートルしか離れていない往来の喧噪《けんそう》が、やけに遠くに感じられる。休憩所の利用者は僕たちしかおらず、訳もなく物寂しさに襲われたので。

「そういえば……ほら、これ」

「ん？」

僕は雰囲気を変えようと、スマホを獅子原《ししはら》に見せた。

画面ではでっぷりした猫が一匹、香箱座り。寝ぼけた顔でこちらを見ている。

「うちで飼ってる猫だ」

「えっ、なんで急に？」

「前に写真くらい見せろってボヤいてたから、わざわざ撮ってきたんだ」

せめてもっと可愛《かわい》い写真にしなさいよ、と不満を垂れることはなく。

「わー、ありがと。可愛《かわい》いね！」

獅子原《ししはら》は喜んでいた。

「ってか、茶トラだし。わかってるじゃん」

「お前の髪色と因果関係はないぞ」

「あったら怖いでしょ……名前は？　女の子？　男の子？」

「きなこ。メス」

「へー、きなこちゃん。食べちゃいたいくらい可愛《かわい》いってわけだね」

「さあな。命名したのは妹だし、僕にはあんまり懐《なつ》いてない」

「そうなの？　普通に人懐《ひとなつ》っこく見えるけど」

「こう見えて好戦的でさ。僕にはしょっちゅう頭突きしてくるんだ。ふくらはぎ辺りを重点的に。十中八九、敵対勢力とみなされている…………ん、なんだよ？」

獅子原《ししはら》が白い目をしていた。あるいは憐《あわ》れみの視線か。

「こーもりくん、猫の行動の意味とかネットで調べたりしないの？」

「まったく。それがどうした」

「いや、だって。あーたの言う頭突きってさー……要するに、こういうやつでしょ？」

えい、えい、と。再現VTRのつもりだろう。体を寄せてきた獅子原《ししはら》は、頭頂部を僕の肩辺りにグリグリ擦《こす》りつけてきた。まさしくうちの猫が頻繁に行ってくる攻撃方法。

ともすれば猫よりも激しい頭突き。

「……お前からも敵視されてるのか、僕」

「なんでそうなるんだよー！　猫の行動の意味、調べなさいって！」

「断る。ああいうのは人間側の勝手な願望にすぎない」

「うぅ～。ごめん、きなこちゃん。この人、予想以上に手強《てごわ》いよ」

悲愴感を超えた諦観に苛《さいな》まれる獅子原《ししはら》。コロコロ感情が変わる様は本物の猫みたい。

思えば最初からずっとそう。一緒にいると退屈しなくって、落ち込んだり悲しんだりする暇もなくって。僕に助けられて感謝しているみたいなことを、彼女は前に言ったが。

感謝しないといけないのはおそらくこっち。

「今度は実物を見にこいよ。妹にも会わせてびっくりさせてやりたいし」

「妹ちゃん、びっくりするの？」

獅子原《ししはら》は知らないかもしれないけど、こんな誘いを誰かにするのは初めてで。彼女が僕にとって特別な一人に数えられるのは事実だった。


そして迎えた、午後三時。

「さあ、みなさんお待ちかね……本日のメインイベント、クイーン武蔵台《むさしだい》の時間です！」

司会者の声はスピーカーを通して体育館中に響き渡る。

応えるように観客から沸き上がった「おおーっ」という歓声を、運営サイドである僕は舞台袖で聞いていた。並べられたパイプ椅子はざっと見た限り満席、立ち見も多数。全校生徒プラスアルファの人数が収容されている光景は圧巻。

ひとえに生徒会と実行委員の努力――目立ったトラブルもなく定刻通りに始められたこと、呼び込みをしっかり行ったことの成果。彼らの苦心惨憺《くしんさんたん》を讃《たた》えたい。

「ホントに助かった」

その中でもよく知る一人に直接、僕は感謝を伝える。同じく運営として袖に控えていた舞浜《まいはま》は、「うん、頑張っちゃいました」と珍しく自画自賛。

「冗談、冗談。みんなが頑張ってくれたおかげだね。士気もモチベーションも高くって。企画自体にパワーがなかったらこうはならないよ」

「そう言ってもらえるのはありがたい」

多方面からの協力を得て最高の舞台が整った――と言いたいところだったが、おこがましいのは承知で一か所だけ不満を述べるなら。

「あ、申し遅れました。僭越《せんえつ》ながら本日の司会……MCっていうのかな？　とにかくそういうのを務めさせていただく、二年A組の滝沢奏多《たきざわかなた》でーす。よろしくどうぞー」

舞台上の男が軽薄な挨拶をすると、

「ひっこめー」「なんでお前なんだ」「どんなコネ使った」「でしゃばるなー」「女の敵め」

途端に口汚く罵る観客たち。僕と同じく人選に不満があったのだろう。溜《た》め込んでいたものが爆発するようにブーイングの嵐だったが。

「元気が良くていいねぇ。もっと聞かせてくれ！」

滝沢《たきざわ》はノリノリで観客席にマイクを向けていた。卵とか投げられなきゃいいけど。

驚くべきことに、舞浜《まいはま》から推挙される形で彼は司会進行を任されており。

「良かったのか、あんな奴《やつ》にやらせて？　もっと真面目な奴《やつ》の方が……」

僕は不安いっぱいで尋ねた。滝沢《たきざわ》はちょいちょい台本から横道に逸《そ》れていて、今は出場者の二人について独断と偏見の混じった紹介をしている。

「逆だね。いくら真面目にやったって、文句をつける人は現れるんだからさ。そういう人たちのために、わかりやすい落ち度を作ってあげればいいの。言うなればクレームの受け皿、滝沢《たきざわ》くんにはスケープゴートになってもらったんだ」

「その道のプロなのか、お前？」

「炎上から学びを得ただけ」

怖いことを真顔で言う舞浜《まいはま》。失敗も糧《かて》にするとは恐れ入る。

「──で、気になるスリーサイズはぁ〜……っとと、やべー。袖の友人がものすごい形相で巻きの指示を出してますんで、ルール説明に移ります。今回の勝負方法につきましては、わかりやすく言えば『弁論大会』っすね」

滝沢《たきざわ》は持っていたカンペに目を落とす。台本に戻った証拠だ。

「二人には統一のテーマに基づいて、制限時間内で語りたいだけ語っていただき、それを聞いたみなさんはより心動かされたと思う方に清き一票を投じてください。ルックスや個人的なフェチズムで判断するのは、厳に慎んでいただくようお願いします」

ほとんど立会演説だよな、と改めて思う。裏でも表でもない選挙がここに成立する。元の企画書にあった案を体よく採用した形。

しかし、多少の仕掛けはあって──

「そして、気になる弁論のテーマですが……今この場でランダムに決定されます。おーっ、びっくりしましたか？　ご想像の通り、出場者もまだテーマが何かは知りません。即興で語らねばならない難しさがあるのです！」

討論というほど立場を区切ってはいないが、パーラメンタリーディベートに近い。

そんなことできる高校生、この世にそう多くはないだろうけど。会長にならそれができると判断したからこそ、朔《さく》先輩もこの計画を立てたのだろう。

「というわけで、さっそくテーマを決めましょう」

と、舞台上に運ばれてきたのは大きな紙箱。上には手を入れる穴が空いている。

AIによって生成された弁論に適するテーマが三十。紙に書かれて入っており、内容は一部の人間しか知らないと滝沢《たきざわ》は説明する。ちなみに一部の人間とは僕と柊《ひいらぎ》さんを指すが、僕も彼女も理事長からの依頼に基づいて動いており。

「じゃかじゃかじゃーん…………どん！　おお、出ました」

滝沢《たきざわ》の引いた紙に書かれているのは、もちろん。

「テーマは、『あなたにとって母親とは？』です！　続いて先攻を決めるくじを引きますが……………はい、出ました。まずは斎院朔夜《さいいんさくや》さんに弁論していただきます！」

「うおっ、マジか」「先攻が圧倒的不利だろー」「やれんのか？」「さ・く・や！」

朔《さく》先輩を推している層だろうか、一部の観客が頭を抱えている。人気投票じゃないって言ってるだろと呆《あき》れつつ、申し訳ない気分にもなる。文芸部の面々と柊《ひいらぎ》さんを除けば、みんなこのくじ引きをガチンコだと思っているわけだから。

だが、仕込みはここまで。

観客がどちらに投票するかも、会長が何をどう弁論するかも未知数。

無論、狙いは会長の口から母親である理事長の話を引き出すことにあったが、それをさせるには彼女に相応の対抗心を燃やさせる必要がある。言うなれば先攻の朔《さく》先輩がどれだけの弁論を披露できるかに懸かっているわけだが。

「さーて、そろそろ出番かしら」

五分とない幕間《まくあい》――演台やマイクスタンドがセッティングされていく中、舞台袖の朔《さく》先輩は大きなあくびを一発。居眠りしてたんじゃないかってくらい緊張感がなかった。テーマは事前に知っていたとはいえ、これから大観衆の前で演説するんだぞ。

「ハラハラしている僕が馬鹿みたいじゃないですか……」

「心配ご無用。私、弁論には自信があるの」

「それは知ってます」

朔《さく》先輩はディベートにはまっていた時期があって、僕も相手をさせられたから。口八丁に心にもないことや嘘八百《うそはっぴゃく》をベラベラ、妙な説得力を発揮して喋《しゃべ》る彼女は最強。

今日もまた、実体験に見せかけた創作エピソードで観客を沸かせるのだろう。

心配するのも馬鹿らしかったな、と思い直すのだが。

「ああ、そうだった。翼《つばさ》くん、一つだけいい？」

「なんです、こんなときに。あとでいくらでも――」

「ラスボスだろうと天敵だろうと、最後まで逃げ回るわけにはいかないんだから」

「…………」

「私もあなたも、立ち向かうときが来たんじゃない？」

僕は虚を衝《つ》かれた。そう言った彼女の横顔に嘘《うそ》は一つもなくって。

「それでは斎院朔夜《さいいんさくや》さん、お願いします」

滝沢《たきざわ》の声がかかり、僕が何かを言う前に、朔《さく》先輩は舞台へ出て行ってしまった。

彼女の言葉を反芻《はんすう》する。ラスボス、天敵。誰を指しているのかは明らか。

深い意図はわからない。わかった例《ためし》なんてない。

だけどたぶん、ラーメン屋で戦略的撤退をしてから、彼女も思うところがあったのだろう。

可能性は低いけど、そのラスボスは妹に連れられて観客席にいるかもしれない。

気が付けば弁論のテーマに僕は立ち返っていた。

――あなたにとって母親とは？

観客席が静まり返っている中、簡単な自己紹介を終えた朔《さく》先輩は弁論に入る。

「私の母は子供のころから体が、心臓が弱かったそうです。当然、私を産むときにも大変苦労したと聞いております。『江戸時代に出産するみたいなもんだぞ！』と、父親はまことしやかに語るのですが、大げさなたとえではないはず。

そういう経緯があったからなのでしょう。手前みそになってしまいますが、他の家庭よりいくらか愛情深く育てられたと自負しております。

行きたい場所、食べたいもの、読みたい本、勉学も趣味も遊びもほとんど全部、求めたものは与えられたと記憶しています。悪いことはいっぱいしたはずなのに、本気で叱られたことなんて一度もありません。ただの甘やかしだと言われればそれまでですが、だからこそのびのび成長できましたし、常識に囚《とら》われない発想力も身に付きました。

母には感謝しかありません。その愛情は、海より深いだなんて言葉でも語り尽くせません。

ですが、そんな彼女と私は今、離れて暮らしています。高校生になってから私は一人暮らしをしているんです。といっても、住んでいるのは実家のすぐ近くのマンションです。なぜ家族のもとを離れる決意をしたのか。理由は私の体質に由来するものです。

みなさんご存じの通り、私はサキュバスと呼ばれるミューデントです。人を誘惑すると言われる存在ですが、実のところそこまで大層な能力はありません。ほんの少し、人から好かれる力が強い……愛されやすいといえば、わかりやすいかもしれません。

本当に、ほんの少しです。だけど、その少しが、私は我慢ならなかった。

私に対する母の愛だけは、潔白であってほしかったから。

近くにいすぎると、母の愛が本物ではなくなる気がして。それが嫌で仕方なかった。

家族に限らず、友人関係でも同じ悩みを抱えている時期がありました。親友になれたと思ったとき、あるいは親友以上になれたと思ったとき、果たしてその愛情は真実なのか。

そんな悩みを『くだらない』と一蹴した人がいます。彼女は私の友人の母で、私とも仲が良かった……今は疎遠ですが、当時はとても仲が良かった存在で『あたしをもう一人のお母さんだと思え！』と豪語していたほどです。

彼女は見抜いていたのでしょう。私の考える『真実の愛』が、いかに噓《うそ》くさくて薄っぺらいものなのか。そんなことを気にしていたら本当に大切な人を失ってしまう。大切にしたいと思っている人が向こうから離れていくと、わかっていたのでしょう。

今このテーマに沿って話すうちに、こうして昔を振り返るうちに、気付きました。

真実の愛を真実でなくしていたのは、私自身の心だと。つまらない疑いをかけて疑心暗鬼になっていたのは自分だけで、今も昔もずっと、母の愛はいつだって清廉潔白でした。母だけではありません。私のことを大切に思ってくれている、沢山の大切な人たち……彼の愛もきっと疑う余地なんてないのですから。

だからこれから、逃げずに伝えようと思います。母にも母以外の大切な人にも、私の口からしっかり。真実の愛をくれてありがとう。私にとってもあなたは、とても大切な人です」

朔《さく》先輩が頭を下げる。弁論が終わった合図だ。

しかし、観客たちは沈黙を守る。滝沢《たきざわ》すら司会進行を忘れて黙りこくっている。

一瞬の間を置き、わっと会場中に感情の波がひた走る。

巻き起こった割れんばかりの拍手。

みんな口々に何か言っているが、数が多すぎて判別は困難。感化されて涙を流している女子生徒すらいた。あの朔《さく》先輩が感動系の弁論をしたことに対するギャップ。加えてあれだけの内容をアドリブで喋《しゃべ》れたことへの驚きが彼らを支配しているのだろう。

でも、違う。僕は知っている。アドリブじゃないんだ。

準備期間が短かったのは確かだが、三日三晩くらいは考える暇があったはず。三日三晩かそれ以上、考えて——考えた上でこんな話をしたんだ。それも創作なんかじゃない実体験。作り話であんな風に語れるはずないのだから。

知らなかった。初めて聞いた。

高校生になってからは、彼女の家に行くことがなかったから。まさか朔《さく》先輩が一人暮らしをしていたなんて。あんなに仲が良かったお母さんと離れて暮らしているなんて。

「ふぅ……あー、疲れた」

と、戻ってきた朔《さく》先輩は出る前と同じく眠そうにあくび。

獅子原《ししはら》が寄っていき「せんぱーい、かっこよかったですー」半泣きで抱き着いた。敵方である生徒会の役員すら、「すごかったな……」「う、うん……」と唸《うな》っている。

「はぁ～……我ながら天才ねぇ。かんっっっぜんに観客をハートキャッチしたみたい」

毅然《きぜん》とした弁舌はどこへ行ったのやら。

朔《さく》先輩が悪役じみた挑発を向けるのは、言わずもがな対戦相手の会長。腕組みで目を閉じている彼女の、耳元にわざわざ口を近付けた朔《さく》先輩はふっと笑い。

「ま、そっちは後攻なんだから余裕よね。考える時間、たーっぷりあったでしょ？」

マジで悪役だろこいつ。負けてしまえばいいのに。理事長の話を引き出すために煽《あお》っているのはわかるが、それでも憎たらしいぞ。

もっとも、その程度で調子を崩される会長ではなく。

「ああ、余裕のつもりだ」

開かれた彼女の目に焦《あせ》りは見受けられず。代わりに決意のような光で、「柊《ひいらぎ》……一つだけ、聞いておくが」隣にいた副会長に目配せする。

「このテーマを決めたのは君かい？」

ぎくり、と僕は嫌な汗をかいたのだが。

「いいえ。生成したのはＡＩで、くじによって選ばれました」

声色一つ変えずに柊《ひいらぎ》さんは答える。交わった視線の意味は二人にしかわからない。

「みんな、私に勝ってほしいか？」

すでに心は決まっているように見えたが、会長は尋ねた。自分を慕っている役員たちに。

「当然です！」「お願いします」「絶対、負けないでください」「これに勝ったら本物ですよ」

「それでは赤月《あかつき》カミラさん、お願いします」

激励を背にして会長は舞台に出ていく。

観客席が静寂を取り戻す中、自己紹介をしてから弁論に入る。


「初めに、打ち明けます。弁論のテーマが発表されてから今まで、少ない時間の中で私は必死に考えていました。何を喋《しゃべ》ろうかではありません。喋《しゃべ》るべきか喋《しゃべ》らざるべきかを、です。

思えばそんな二者択一に揺らいでいる時点で、生徒会長として、このコンテストに出る者として、突き詰めれば一人の娘として失格――みなさんにも、母にも、私を信頼してくれている大勢の人々に唾吐く行為でした。それに気付かせてくれた斎院朔夜《さいいんさくや》さんには、勝敗を競い合う相手ではありますが畏敬の念を表します。

今日は母について、私の本当の思いを語りたいです。大好きな母について、と言い換えた方が正しいでしょうか。マザコンという呼び名は蔑称に当たるかもしれませんが、世間一般的にいえば私はそれに該当するでしょう。

母はイギリスの裕福な家の生まれで、祖父母の影響もあってか若いころから様々な事業や活動に携わっておりました。娘の私が言うのもなんですが多才で思いやり深く、人の痛みや苦しみがわかり、それに寄り添うことができる人です。ただ寄り添うだけではなく、その痛みや苦しみを取り除いたあとの未来も、見据えている人です。

しかし、そんな彼女のことを偽善者だと罵る人がいます。金の亡者《もうじゃ》と呼ぶ人もいます。悲しい誤解です。利益を追求するビジネスと、利益の追求とは別にあるチャリティ。母はその両方に関わる機会があるため、二つを混同して理解されたのでしょう。

そして母の携わる、利益とは別の活動で……最も大きなものが、国際ミューデント人権機関の大使です。私はヴァンパイアですが、大使については元々母が祖母から受け継いだ役職であり、両者に関連性はありません。ありませんが、私は懸念《けねん》しました。

ミューデントである私がいることで、ノイズが生まれるのではないか。母の慈善を偽善と罵る人間が増えるのではないか、と。その不安がよぎって以来、私は母のことを外で話さなくなりました。今、気付きました。それが母にとってどれだけ寂しかったか。そんなこと気にしなくてもいいのに、と。心の中では思っていても、言うことができなかった母の優しさ……気遣いに甘えて、自己陶酔に浸っていた自分の小ささに。

その過去を清算するために、この弁論テーマは選ばれたのでしょう。

私は、この学校が好きです。この学校の自由で明るい校風が好きです、この学校に通う生徒が好きです。もちろんいい人ばかりではありません。そりの合わない人だっていますし、嫌いになりそうな瞬間だってあります。それでも本当の意味で嫌いにならないのは、いつも心の中で母の言葉を唱えるからです。人それぞれものの感じ方が違うのは当たり前——何に喜びを感じて、誰のために涙を流すのか異なるのは大切な個性だと。

だから……今こそ、胸を張って言いたいです。驚かれるかもしれませんが、この学校の理事長を務めているのは、私の母——赤月《あかつき》ミシェルです。母のいるこの学校で、みなさんと一緒にかけがえのない思い出を作れることが、嬉《うれ》しくてたまりません。

私にとってお母様は、誇りであると同時に、大きすぎる目標でもあるのですから」


「——さて、投票の集計が終わったようです。泣いても笑っても勝つのは一人。勝利の女神が微笑《ほほえ》んだのはぁー…………なんと！」

滝沢《たきざわ》が勝利者を高らかに宣言すると、会場は熱狂に包まれた。

たぶん勝ったのがどちらだったとしても、熱気のレベルは変わらなかったはず。

僕は人知れず笑っていた。馬鹿みたいに盛り上がる彼らに向けた冷笑ではない。

足元がふわふわするのは高揚感。はしゃいでいる馬鹿な連中の一人に、自分もなっていることに気が付いたからだ。今まで文化祭にいい思い出なんてなかったけど。

「悪くないかもな、案外」

呟《つぶや》きは歓声にあっさりかき消されても、胸に芽生えた感情は確かに残っていた。

文化祭は全てのプログラムがつつがなく終了。校内では撤収作業が進められていた。

時刻は午後四時——後夜祭は特に設けられていないが、祭りのあとの余韻を楽しむという意味ではこの時間がそれに該当するのかもしれない。

体育館では生徒たちが、並べられていたパイプ椅子を片付けたり、敷かれていた保護シートを畳んだりしている。僕も本来ならその作業に参加しなければいけないのだが、まったくもって個人的な事情でやり残したことがあり。

「はぁー…………」

「あの、会長。大丈夫ですか？」

僕は心配になり尋ねる。ミスコンが終わってしばらく経《た》っているのだが、舞台袖にはまだ会長の姿があった。問題はその体勢——地べたに体育座りして膝に顔を埋める、完全なる「やっちまった」のポーズ。自信家の彼女らしからぬ姿。その理由はシンプル。

「私としたことがまさか、一時の感情に流されるなんて……一生の不覚だ」

母親との関係を秘密にするという、己に課した制約を破ってしまったことを後悔して、情けなくて、自分を責めている最中なのだ。心底真面目な人だと思う。

一時の感情と言っているが、あくまで周りの期待に応えたかっただけだろうし。

「いいじゃないですか。その分、結果は出せたんですから……ほら、これ！」

と、僕が慰めるつもりで掲げたのは金色のトロフィー。何を隠そう会長の勝利を信じてやまなかった執行部のメンバーが、自腹を切って購入していた一品。

「クイーン武蔵台《むさしだい》の称号は会長の物なんですよ？」

彼らの悲願は現実となった。表彰式で授与されたトロフィーに、しかし、今の会長は二度と触れたくないという荒《すさ》んだ視線を注いでいる。

「……いくらしたんだ、それ」

「リサイクルショップで買ったのでお値打ちだそうです」

「あとで補償するからスクラップにしろ」

「みなさんの気持ちはどうなるんです。あなたのために用意したんですよ？」

「ハァ〜」

そこを突かれると言い返せないのだろう。ため息混じりに再び膝を抱えてしまう。とても弁論対決を制した人とは思えなかった。傍目《はため》にも彼女は憔悴《しょうすい》しきっていて――逆にそれは、僕の計画を実行するのには最適な状態だったため。

「……柊《ひいらぎ》さん、例のやつお願いできます？」

小声で耳打ちする相手は、無言のまま会長の隣に立っていた柊《ひいらぎ》さん。僕のいわんとすることを瞬時に理解した彼女は動き出す。くじの不正然り、会長が全幅の信頼を置いている副会長と共謀するのは忍びなかったが。これが最後なので大目に見てほしい。

「会長、どうぞ」

「……なんだ？」

柊《ひいらぎ》さんが差し出すのは銀色のパウチ。会長には見慣れた物。少なくとも外見上は。

「ご気分が沈んでいる際にはこれが利《き》くと、常々おっしゃっておりますよね。クーラーボックスに入れて持ってきたので、温まっている心配もございません」

「ふん、余計な気を利《き》かせて」

憎まれ口を叩《たた》きながらもパウチに手を伸ばす会長。迷わず開封して唇をつける。ごくりごくりと、その中身が喉を通っていく様を確認——よし、上手《うま》くいったな。僕が内心でガッツポーズを取っていたら。

「おいおいっ！」

途端に大声を上げるのだから、気が気じゃない。

——まさか、バレたのか？

不安がよぎるのは一瞬、すぐに会長の顔はとろけたようにほころぶ。

普段通りに、いや、ひょっとしたら普段以上に非合法な何かをキメた感じの仕上がり。

「美味《うま》いな、今日の血液はいつにも増して深みとコクがある……二年ぶりくらいの上物だぞ、これは。香りもいい。まるで干し草の上で寝ころんだときのような」

極めつきにソムリエみたいな品評が飛び出して、僕は複雑な気分。

「ふぅ、落ち着いた。やはり飲血は全てを解決するな」

「良かったです。お持ちした甲斐《かい》がありました」

「しかし、柊《ひいらぎ》……君ともあろう女が、まさかこんな茶番に加担するなんて」

「なんのお話でしょうか」

「とぼけるな。ミスコンのテーマ決め……いや、もっと前か。斎院朔夜《さいいんさくや》が署名を集めてけしかけてきたあの段階で、すでに君が一枚嚙《か》んでいたと考えるべきだろう」

さすが会長、そちらにはしっかり感付いていたか。

「まったく、とんだ下剋上《げこくじょう》だな。副会長の発案で、会長の私に一杯食わせるなんて――」

「はーずれ。透子《とうこ》さんは私の指示に従っていただけよ」

と、そこで現れたのは一人の女性。長いブロンドを揺らして歩く姿は見るからに高貴な出《い》で立《た》ち。体育館の舞台袖なんていう貧相なロケーションはすこぶる不似合いで。

「お母様っ⁉　ど、どうしてここに……」

瞬間、立ち上がった会長の背筋がピンと伸びる。

彼女の混乱をよそに理事長は僕に対してサムズアップ。

「ぐっど、ぐ～っど、古森《こもり》くん。しっかり成し遂げてくれたみたいね」

「朔《さく》先輩のおかげです」

「こ、古森《こもり》翼《つばさ》……お前、まさか……」

その短い会話だけで会長が察するには十分な材料だったのだろう。混乱が徐々に消えるにつれて非難めいた表情を浮かべる。

「……そういうことでしたか。やってくれましたね、お母様？」

「怖い顔しないのー。誇りと同時に目標のママでしょ？」

「聞いていたんですか」

「ばっちり。泣いちゃった。撮影もしてあるから何度だって見返せるわ」

「誇りと申し上げたのは撤回します。まさか、実の娘を罠《わな》にはめるなんて……」

「あなたの頑固頭がいけないんでしょ」

「さて、誰に似たのでしょう」

「まっ！　そんな口を利《き》く子を産んだ覚えはありません！」

なるほど、上流階級だろうと親子喧嘩《げんか》のレベルは庶民と大差ない。

「それからねぇ、あなた。頑固以外にも一つ、治さなきゃいけない病気があるでしょ。ちゅーにびょう？　みゅーにびょう？　ママは詳しくないけど古森《こもり》くんが専門家らしいわ」

「おい、古森翼《こもりつばさ》。君は私のことを裏で病人扱いしているのか？」

その通りですとは言えないので、僕は苦笑を返してから。

「まあ、でも大丈夫。特効薬を打ってあるんで、会長のそれは治ったも同然です」

「特効薬だと？　君は何を言って……」

再び困惑を浮かべる会長だったが、その表情がこれからどのように変化するかは、おそらく神様にも予想できない。

「カミラ、ごめんなさいね。ママはそろそろ真実を伝えなきゃいけないの」

申し訳なさそうに切り出したのは理事長。

「ヴァンパイアってあなたが思っているほど、本当はスペシャルでもノーブルでもないわ」

「ふっ、何を言い出すのかと思えば……」

ニヒルな笑いを浮かべる会長。わかりやすく自分に酔っていた。

「特別ではない人間がこんなものを飲めますか？　その味を品評できますか？」

反証を示すように見せるのは空のパウチ。

「お母様もご存じでしょう。これはただの血液ではありません。医療機関にコネのあるお父様にお願いして、昔から特別に高貴な血液——味から出自に至るまで厳選された最上級品を、私は常に与えられて育ちました。ヴァンパイアの中でも格が違う——」

「それがぜーんぶ嘘《うそ》なのよ」

軽いノリで理事長が放った一言に、

「…………………………はい？」

明らかに動揺して見える会長。

「パパ、悪い人よねー。酔った勢いで小学生のあなたに大嘘《うそ》教えたんだから。『これは貴族から提供を受けた血だ』『飲んでいるお前には貴族の高潔さが宿るぞ！』とか。不可能に決まってるのにね。輸血用のパックを分けてもらっているだけなんだから」

「し、しかし。証拠を見たいと私が言ったら、公的な鑑定書も見せてくれた……」

「引っ込みつかなくなって嘘《うそ》に嘘《うそ》を重ねたんだわ。偽装工作までして悪質でしょ」

「…………」

「だからね、あなたが美味《おい》しい美味《おい》しいって飲んでいた血液は全て、普通の血だったのよ」

少し語弊があって、そもそも特別な血液なんてこの世には存在しない。

だが、それが世界のどこかに実在していると思い込んでいた会長にとっては、おそらくサンタクロースの真実を知ったくらい衝撃だったろう。

「で、では……なんです？　まさか、私は今までずっと、どこの馬の骨ともわからない輩《やから》の血液を自らの体内に流し込んでいたとでも……？」

どこの馬の骨って。輸血を受ける人間は誰でもそうだし飲めるだけありがたいだろ。

「今飲んだこれも例外なく？」

信じられないと首を傾《かし》げている会長に、

「あー、えっと。それについては、どこの馬の骨ともわからないわけじゃなくって……」

とどめを刺すのは恐縮だが、汚れ仕事は最後までやり遂げてこそ。

「会長の知っている人の血液ですよ」

「私が、知っている？」

「あ、ご心配なく。きちんと病院で調べてもらって、輸血に供するのに問題ないとお墨付きをいただいていますし……会長のお口にも合っていたみたいで何よりです」

「……待て、古森翼《こもりつばさ》。待ってくれ」

「いやー、まー、あれです。『輸血用のパックからランダムに選出されたのなら、今までワンチャン高貴な血を引き続けた可能性もある！』とか主張されたら厄介なので。目を覚ますには庶民代表の血液を飲んでもらうのが一番かなーと」

「何を言いたいのか、はっきりしろ」

はっきり言うなら。

「それは僕の血です」

「っ――――――――――――――――!!」

絶句、という表現は百パーセントこの瞬間のためにある。

第一段階、口をぱっくり開けた会長は無の表情で固まって。

第二段階、青白くもあったその頬は見る見るうちに赤みを帯びていき——最終的に、触っていなくても熱さが伝わってきそうなほどに紅潮した顔になる。

「お、おまっ、おまえっ、おまえ……」

僕のことを指差すのだが思考に口の動きが追いついていない。絡《から》まりそうな舌を鎮《しず》めてようやく絞り出した台詞《せりふ》はこうだ。

「責任を取る覚悟はできているのか⁉」

「責任ってなんの……」

「常識的にわかるだろ！　自分の体液を同意なく婦女子の体に注ぎ込んでおきながら、なんて無責任な男なんだ！」

「言い方！」

「君の行いはなんらかの犯罪に該当する！　該当しなかったらこの国は終わりだー！」

頭を抱えた会長は膝から崩れ落ちる。その瞬間、

「ぷっ」

「……柊《ひいらぎ》さん。笑いました、今？」

「いえまったく」

否定されたけど、噴き出した破裂音が確かに聞こえた。鉄仮面の彼女が笑うほどの珍事が起こっているのだと実感させられる。

「うんうん、これは責任を取るしかないわね」

「理事長まで便乗しないでください」

「娘にムーンダストを譲ったあの日から、運命は決まっていたってことよ」

ムーンダスト。青いカーネーションをそう呼ぶと、僕は最近知ったのだが。

母の日、小学生くらいの金髪少女がそれを買いにきていたのは、記憶に新しい…………え？

「あれって会長だったんですか⁉」

「あらあら、もしかして気付いていなかったの？」

「普通、気付かないですって！　あの日はなんか、フリフリした可愛《かわい》い服着てたし」

「可愛《かわい》いって、言うな……」

真っ赤な顔で膝立ちしながらも、禁句にはちゃんと反応する会長を見て僕は思った。

可愛《かわい》いもんは可愛《かわい》いんだから仕方ない、と。

エピローグ　あなたの特別になりたいから

INOU APPEAL SHINAI HOU GA KAWAII KANOJO TACHI

六月の、第三日曜日。

その日がなんの記念日かパッと答えられる人は、あまり多くないように思うのだが。

街に繰り出してみれば否《いや》が応《おう》でも答えを知れる。どこの店にも『ハッピー・ファザーズ・デー』の文字が躍っている通り、今日は父の日だった。

「ふぅん。どこもかしこも、在庫処分みたいに必死で宣伝してるわねぇ」

上下共にジャージ——いつも通り機能性重視の服に身を包んだ朔《さく》先輩は、ただでさえ人目を引いているのに明け透けな暴言を吐く。誘っておいてなんだけど、やっぱり隣を歩きたいタイプの人じゃないよなぁと再認識。

「あんまり失礼なこと言わないでください……まあ、当日にプレゼントを買い求める人間は少数派なので、在庫処分はあながち間違ってない気もする」

「でしょ。っていうか、父の日って何を贈るのが王道なの？」

「日頃から使う物がいいんでしょうね。それでも財布とかネクタイとかハンカチしか選択肢は豊富……母の日なら花って相場は決まってるのに」

「なるほどね。そういう面倒臭さが要因で、母の日よりも影が薄いわけだ」

否定できないかもしれないが、僕の場合は母の日すら毎年忘れているので、序列的には平等である。親不孝者だと誹《そし》りを受けても仕方ない。

とりあえず今言った候補が一通り置いてありそうな、紳士服店に僕らは入った。

適当なネクタイを手に取って、柄を確認していると。

「そういえば、どうして急に父の日のプレゼントなんか？」

ストライプのネクタイを持った朔《さく》先輩が尋ねてくる。『なんか』って言い方はないけど、確かに僕は今まで一回も父の日のプレゼントなんか買ったことがなくって。

「文化祭というか、ミスコンを経て。家族は大切にした方がいいなと僕なりに思ったんです」

「へーぇ。私の最強無敵な弁論に感化されてしまったわけね？」

「負けたんだから最強無敵を自負するのはどうかと」

「負けてないわ。日本にロリコンが多すぎるだけ」

「ずるい言い訳を見つけたなー」

試合に負けて勝負に勝ったのは事実なので、彼女の思惑通りではあるのだろうが。

「知らなかったですよ、僕」

「え？」

「朔《さく》先輩が一人暮らしだとか、そういうの」

「あら、信じちゃったの？　あんなのぜーんぶ嘘《うそ》っぱちに決まってるでしょ」

「ま、困ったことがあったらなんでも言ってください。お金以外の相談なら乗ります」

「どういう結論よ」

朔《さく》先輩は不思議そうに笑った。正直、嘘《うそ》だという言葉が嘘《うそ》なのは僕にもわかったけど。

あえて追及はしないでおいた。たぶん自分はまだその領域には達していない。人の問題に首を突っ込むよりも先に、やらなければいけないことがあるはずだから。

「そうだ。実は今日、予算が一万円ほどありまして」

「一万？　だいぶ潤沢ね」

「はい。なので、もう一つ買いたい物が……このあと、花屋に寄ってもいいですか？」

一か月以上遅れてしまったけど、元々このお金はそのために渡されたもの。

「花屋……そう。いいことね？」

誰に買うかは言わなくてもわかったことだろう。朔《さく》先輩は母親を大切にしているから。

「気合入れて行きなさい。あなたにとってのラスボスなんだから、手強《てごわ》いわよ」

「そうですね。手強《てごわ》い。ただ……」

「ただ？」

「なんでもないです」

「なーによ、ニヤニヤしちゃって。変な翼《つばさ》くん！」

ただ――もう一人の裏ボスみたいな人と比べたら、幾らか与《くみ》しやすいと思ったんだ。

僕にとっての最終目標はやっぱり、朔《さく》先輩以外に考えられないから。

この人の特別になれるよう、頑張ろう。

何が真実の愛かなんてまだわからないけれど、いつかわかる日が来るのを信じて。

あとがき

どうも、榛名《はるな》です。

あとがきを書くことができる喜び。

というのも、今回スケジュール的にもページ数的にもカツカツ。完成しているのかも怪しい原稿をいったん上げて、校正段階で大々的な手術（？）を施すという荒業をやってのけたせいで、最悪あとがきが入らない可能性もありました………とか、プロっぽい内情を吐露するのが夢だったのは事実ですけど、今後は遅れないよう心がけます。

ないとやっぱり寂しいですからね、あとがき。


さて、奇《く》しくも一巻の執筆中は例の『FREEDOM』な映画がやっている時期でしたが、二巻のあとがきを書いている現在は別の映画（『u』がいっぱい付いているアレだ！）が絶賛公開中です。巨大ロボットとの縁を感じずにはいられません。冗談はさておき、時代が移り変わっているのは事実だなーと。

電撃文庫も例外ではありません。だってほら、本書の裏表紙をご覧くださいよ。

あらすじが載っているでしょ。

あらすじが載っているでしょ⁉

大事なことなので二回言いました。ピンと来ていない方々のために補足しましょう。

その昔、電撃文庫のライトノベルといえば裏表紙にあらすじが載っていないことで有名だったのです。ラノべって透明なフィルムで包装されているから立ち読みができず、必然的にイラストや帯から内容を予想するしかなかったわけですね。

博打《ばくち》感覚で一冊を購入していた若かりし頃の私は、よもやその過渡期に自分が書籍を出してもらう側として関わるなんて、夢にも思っていなかったはず——と、感慨深い台詞《せりふ》を言おうとしてスベってますよね、これ。やっぱりなくてもいいかな、あとがき。

遅ればせながら謝辞です。

今回も素敵なイラストを描いてくださった花ヶ田《はながた》様、本当にありがとうございます。

校正者様、大変お世話になりました。担当編集様、あとがきを書けるのは嬉《うれ》しいですが「面白いこと書けるよな？」とプレッシャーをかけるのはおやめください。

そして一巻に引き続きお付き合いいただいた読者の方々に、厚く御礼申し上げます！

またお会いできる日を信じて、それまでご健勝のこと。

榛名《はるな》　千紘《ちひろ》

◉榛名千紘著作リスト

「この△ラブコメは幸せになる義務がある。」(電撃文庫)
「この△ラブコメは幸せになる義務がある。2」(同)
「この△ラブコメは幸せになる義務がある。3」(同)
「この△ラブコメは幸せになる義務がある。4」(同)
「異能アピールしないほうがカワイイ彼女たち」(同)
「異能アピールしないほうがカワイイ彼女たち2」(同)

本書に対するご意見、ご感想をお寄せください。

ファンレターあて先
〒102-8177　東京都千代田区富士見2-13-3
電撃文庫編集部
「榛名千紘先生」係
「花ヶ田先生」係

本書は書き下ろしです。

電撃文庫

異能《いのう》アピールしないほうがカワイイ彼女《かのじょ》たち2

榛《はる》名《な》千《ち》紘《ひろ》

2025年３月10日　初版発行

発行者　山下直久
発行　株式会社KADOKAWA
〒102-8177　東京都千代田区富士見2-13-3
0570-002-301（ナビダイヤル）
装丁者　荻窪裕司（META＋MANIERA）
印刷　株式会社暁印刷
製本　株式会社暁印刷

ISBN978-4-04-916064-2　C0193　Printed in Japan

電撃文庫　https://dengekibunko.jp/

電撃文庫DIGEST　3月の新刊

発売日2025年3月7日

ソードアート・オンライン プログレッシブ9

著／川原 礫　イラスト／abec

《アインクラッド》第七層をクリアするも、その代償としてキリトは《夜の民》——吸血鬼となった。太陽の下で活動ができないという大きなハンデとともに開幕する、新たな局面。キリトが人間に戻る方法は見つかるか？

新・魔法科高校の劣等生 キグナスの乙女たち⑦

著／佐島 勤　イラスト／石田可奈

九校フェスが終わり、それぞれの日常へと戻った魔法科高校生たち。だが、まだまだたくさんのイベントが控えている。ハロウィンにクリスマス、乙女たちの日常を短編集でお届け！

とある暗部の少女共棲《アイテム》④

著／鎌池和馬
キャラクターデザイン・イラスト／ニリツ
キャラクターデザイン／はいむらきよたか

秋が始まる新学期、フレンダが目覚めると、そこは新宿駅のホームだった。学園都市では『壁』を無断で越えてはいけなく、ルールを破る者には必ず罰が下る。その役を担うのが麦野たち『アイテム』で……。

わたし、二番目の彼女でいいから。8

著／西 条陽　イラスト／Re岳

東京で教育実習をしながら、桐島にはやるべきことがあった。京都の人間関係の修復。つまり、自分が泣かせた相手にもう一度笑ってもらうことだ。それがどれだけ傲慢でも。願ってしまうのはきっと罪なのだろうが——。

少女星間漂流記3

著／東崎惟子　イラスト／ソノフワン

地球人との再会、宇宙で会った星人との再会、そして新たな星や人々とも出会いながら、ワタリとリドリーはまだふたりぼっち。少女たちの星間旅行は、今日も続く。

汝、わが騎士として3 皇女反逆編Ⅱ

著／畑リンタロウ　イラスト／火ノ

バルガ帝国の刺客を撃退し、反逆の足掛かりをつかんだツシマとルプス。すべての憎しみの根源である皇帝を消すことに、もはや躊躇も迷いもない。世界を巻き込んだ二人の復讐は、もはや誰にも止められない——！

バケモノのきみに告ぐ、3

著／柳之助　イラスト／ゲソきんぐ

王都から逃げ出した《アンロウ》を捕えるべく会員制カジノへの潜入を行うノーマン。簡単な任務のはずだったが、そこに現れたのは薬物で強化された《アンロウ》。つまり仇敵・ジムの関与を匂わせるもので……。

千早ちゃんの評判に深刻なエラー3

著／氷純　イラスト／どぅーゆー

劇場型愉快犯の戦争屋ボマーが加わり、混沌へ向かう新界情勢。危ない戦闘系依頼から逃避するべく苦心する千早ちゃんだったが……？

営業課の美人同期とご飯を食べるだけの日常2

著／七転　イラスト／どうしま

仕事中でも、家に帰っても。にこにことご飯を口に運んでいるアイツを見ていると、こっちの気持ちも温まっていく。付き合っていないくせに半同棲のような状態を続けていたが、けじめをつけるために俺は……。

異能アピールしないほうがカワイイ彼女たち2

著／榛名千紘　イラスト／花ヶ田

思春期を異能をもって過ごす少年少女・ミューデント——彼女らの悩みに付き合う古森ら文芸部（）は、生徒会長でありヴァンパイアのミューデント・赤月カミラに目を付けられてしまい……!?

新作 隣のゴリラに恋してる

著／上月 司　イラスト／がんこchan

気になる隣のあいつは……ゴリラだった。呪いで異性が動物に見えてしまう俺が、呪いを解くために真実の愛を追い求める。そんな寓話みたいなナンセンスな笑い話だが、どうやら俺は隣のゴリラに恋をしかけている。

レプリカだって、恋をする。
Even a replica falls in love
榛名丼
［イラスト］
raemz
16歳、夏。はじめての、青春。
愛川素直という少女の
身代わりとして働く
分身体《レプリカ》、それが私。
本体のために生きるのが
使命……なのに、
恋をしてしまったんだ。
海沿いの街で
巻き起こる
ちょっぴり不思議な
青春ラブストーリー。
応募総数
4,128作品の
頂点
第29回
電撃小説大賞
大賞
受賞作
電撃文庫

ほうかごがかり
ぼくらは命を懸けて、『奴ら』を記録する――。
When the midnight chime rings,
we are captured in a "Houkago".
In there, there is neither a correct answer nor a goal
or a stage clear.
Only our dead bodies are piled up.
【ほうかごがかり】
甲田学人
illustration potg
よる十二時のチャイムが鳴ると、
ぼくらは『ほうかご』に囚われる。
そこには正解もゴールもクリアもなくて。
ただ、ぼくたちの死体が積み上げられている。
鬼才・甲田学人が放つ、恐怖と絶望が支配する
“真夜中のメルヘン”。
電撃文庫

ふたりぼっち。
安住の星を探して宇宙旅行★
発売即重版となった『竜殺しのブリュンヒルド』
著者・東崎惟子が贈る宇宙ファンタジー！
少女星間漂流記
著・東崎惟子　絵・ソノフワン
電撃文庫

電撃文庫

よって、初恋は証明された。

-デルタとガンマの理学部ノート1-

逆井卓馬

イラスト／遠坂あさぎ

「検証してみようよ……科学的に！」

思うに〈青春〉というのは、よくできた推理小説のようなものだ。

失われてしまった恋愛成就の桜の謎。部活勧誘の小さな違和感。巨木の樹齢に秘められた物語。密室で消えたハムスター。壊れかけの生物部に捧げられた、高校生たちの切実な決断。

無関係だと思われたひとつひとつの因果はどこかでつながっていて、あとから振り返って初めて俺たちはそれを〈青春〉と認識する。そこでようやく気付くのだ。見落としていた大切なことに。

これは、科学をこよなく愛する高校生たちが日常で直面する数々の謎に挑む、綱長井《つながい》高校「理学部」のささやかな活動記録。

──そして、一つの初恋が解き明かされるまでの物語である。

エルフの渡辺
[著] 和ヶ原聡司
[イラスト] はねこと
渡辺《わたし》風花、異世界から来ました。
恋、それとも変？
ありふれた日常に潜む
小さなファンタジー
電撃文庫